Dashiell Hammett

Das Haus in der Turk Street

und andere Detektivstories

Aus dem Amerikanischen von Wulf Teichmann

Diogenes

Dieser Band bringt drei Geschichten
aus der ursprünglich unter dem Titel ›Detektiv bei Continental's‹
1978 erschienenen Sammlung.
Als Vorlage diente die amerikanische Ausgabe
›The Continental Op‹,
Random House, New York.

Umschlagfoto: Edward G. Robinson,
Maxie Rosenbloom und
Humphrey Bogart

Veröffentlicht als Diogenes Taschenbuch, 1981

150/81/9/1
ISBN 3 257 20914 2

Inhalt

Das goldene Hufeisen

»Besonders aufregend ist es nicht, was ich Ihnen diesmal anzubieten habe«, sagte Vance Richmond, als wir uns die Hände schüttelten. »Ich möchte, daß Sie einen Mann für mich finden – einen Mann, der kein Krimineller ist.«

Das klang wie eine Entschuldigung. Die letzten zwei Jobs, die dieser hagere, graugesichtige Anwalt mir zugeschustert hatte, waren in Spielerei mit Kanonen und andere Rüpeleien ausgeartet, und wahrscheinlich dachte er, bei allem, was darunter wäre, würde ich einschlafen. Es hatte wohl mal eine Zeit gegeben, wo er damit vielleicht recht gehabt hätte – als ich ein junger Hüpfer von zwanzig oder so war und frisch bei der Continental Detektei angefangen hatte; aber die fünfzehn Jahre, die seitdem ins Land gegangen waren, hatten meinen Appetit auf Handgreiflichkeiten einigermaßen gedämpft.

»Der Mann, den Sie mir ausfindig machen sollen«, fuhr der Anwalt fort, als wir uns setzten, »ist ein englischer Architekt namens Norman Ashcraft. Er ist etwa siebenunddreißig, einsachtundsiebzig groß, gut gebaut, mit hellem Teint, blondem Haar und blauen Augen. Vor vier Jahren war er noch das typische Exemplar des schmucken blonden Briten. Jetzt ist er wohl nicht mehr so – diese vier Jahre sind nicht so ganz leicht für ihn gewesen, könnt ich mir vorstellen.

Hier die Story. Vor vier Jahren lebten die Ashcrafts zusammen in England, in Bristol. Es scheint, daß Mrs. Ashcraft stark zur Eifersucht neigt, und er war ziemlich reizbar. Hinzu kommt, daß er an Geld nur hatte, was er durch seinen Beruf verdiente, während sie ganz schön was von ihren Eltern geerbt hatte. Ashcraft war blödsinnig empfindlich in diesem Punkt – es fiel ihm schwer, mit einer wohlhabenden Frau verheiratet zu sein, und so überschritt er manchmal seine Grenzen, um ihr zu beweisen, daß er von ihrem Geld weder abhängig noch beeinflußbar war. Natürlich dumm von ihm, aber genau das Verhalten, das bezeichnend ist für einen Mann seines Temperaments. Eines Nachts macht sie ihm Vorhaltungen: Er habe einer anderen Frau allzu viel Aufmerksamkeit geschenkt. Es kommt zum Streit – er packt seine Koffer und verläßt sie.

Nach kaum einer Woche tut es ihr leid – um so mehr, da sie erfahren hat, daß ihr Verdacht, abgesehn von ihrer eigenen Eifersucht, völlig unbegründet war –, und sie fängt an, ihn zu suchen. Aber er bleibt verschwunden. Es gelingt ihr, seine Spur von Bristol nach New York zu verfolgen, dann bis Detroit, wo man ihn nach irgendeiner Kneipenkeilerei wegen Hausfriedensbruch verhaftet und zu einer Geldstrafe verurteilt hatte. Danach verliert sie ihn aus den Augen, bis er zehn Monate später in Seattle wieder auftaucht.«

Der Anwalt suchte zwischen den Papieren auf seinem Schreibtisch herum und fand ein Blatt mit Notizen.

»Am 23. Mai 1923 erschoß er in seinem Hotelzimmer dort einen Einbrecher. Der Polizei von Seattle scheint die Sache nicht ganz geheuer vorgekommen zu sein, aber sie hatte nichts gegen Ashcraft in der Hand. Es gab keinen Zweifel daran, daß der Mann, den er getötet hatte, ein Einbrecher war. Dann verschwand Ashcraft aufs neue, und nichts war von ihm zu hören – bis vor jetzt etwa einem Jahr. Mrs. Ashcraft hatte in den Zeitungen der größeren amerikanischen Städte Suchanzeigen nach ihm aufgegeben.

Eines Tages erhielt sie einen Brief von ihm, aus San Francisco. Es war ein sehr förmlicher Brief, einfach nur mit der Bitte, mit den Suchanzeigen aufzuhören. Er sei zwar fertig mit dem Namen Norman Ashcraft, schrieb er, doch er sei es leid, ihn in jeder Zeitung, die er aufschlage, veröffentlicht zu sehen.

Sie schrieb ihm einen postlagernden Brief hierher und setzte ihn durch eine weitere Anzeige davon in Kenntnis. Er beantwortete ihn, ziemlich scharf. Sie schrieb ihm wieder, mit der Bitte heimzukommen. Das lehnte er ab, wenngleich sein Ton ihr gegenüber weniger ätzend war. Sie wechselten noch einige Briefe, und sie erfuhr, daß er rauschgiftsüchtig geworden war – ein Rest von Stolz verbiete ihm, zu ihr zurückzukehren, bevor er nicht sein früheres Aussehen und wenigstens etwas von seinem alten Selbst wiedererlangt habe. Sie überredete ihn, ausreichend Geld von ihr anzunehmen, damit er sich wieder freischwimmen könne. Sie schickte ihm dieses Geld postlagernd hierher, jeden Monat.

In der Zwischenzeit brach sie in England ihre Zelte ab – enge Verwandte, die sie dort hätten halten können, hatte sie nicht – und kam nach San Francisco, um zur Stelle zu sein, wenn ihr Mann so weit wäre, zu ihr zurückzukehren. Ein Jahr ist seither vergangen. Sie schickt ihm immer noch jeden Monat Geld. Sie wartet immer noch darauf, daß er zu ihr zurückkehrt. Er hat es wiederholt von sich gewiesen, sich mit ihr zu treffen, und seine Briefe sind ausweichend und voll von Ausflüchten – wie er ständig gegen die Droge ankämpft, einen Monat lang einen Schritt vorankommt und im nächsten zwei Schritte zurückfällt.

Mittlerweile hat sie natürlich den Verdacht, daß er gar nicht daran denkt, jemals wieder zu ihr zurückzukehren; daß er gar nicht vorhat, die Droge aufzugeben; daß er sie einfach als Einkommensquelle benutzt. Ich habe ihr dringend nahegelegt, die monatlichen Zahlungen für eine Weile einzustellen. Aber das will sie nicht. Sehn Sie, sie gibt sich selber die Schuld an seinem gegenwärtigen Zustand. Sie glaubt, ihr dummer Eifersuchtsanfall wäre die Ursache für seine mißliche Lage, und sie hat Angst, irgend etwas zu tun, was ihn verletzen oder ihn womöglich dazu bringen könnte, sich selber noch mehr zu ruinieren. In dieser Hinsicht läßt sie nicht mit sich reden. Sie möchte ihn zurück, möchte ihn geheilt zurück; will er jedoch nicht kommen, ist sie's zufrieden, ihm die Zahlungen für den Rest seines Lebens weiter zukommen zu lassen. Aber sie will wissen, woran sie ist. Sie will, daß diese furchtbare Ungewißheit aufhört, in der sie nun schon so lange lebt.

Was wir also von Ihnen wollen, ist, daß Sie Ashcraft finden.

Wir wollen wissen, ob es noch im Bereich des Möglichen liegt, daß er wieder ein Mensch wird, oder ob er nicht mehr zu retten ist. Da haben Sie Ihre Aufgabe. Finden Sie ihn, bringen Sie in Erfahrung über ihn, was Sie können, und dann, wenn wir was wissen, werden wir entscheiden, ob es klüger ist, ein Gespräch zwischen ihnen zu erzwingen – in der Hoffnung, daß sie ihn wird beeinflussen können – oder nicht.«

»Ich werd's versuchen«, sagte ich. »Wann schickt Mrs. Ashcraft ihm immer seine Rente?«

»An jedem Monatsersten.«

»Heute ist der Achtundzwanzigste. Da hab ich noch drei Tage Zeit, um eine Sache abzuschließen, bei der mir noch ein paar Steinchen fehlen. Haben Sie ein Foto von ihm?«

»Nein, leider nicht. In ihrer Wut gleich nach ihrem Gekabbel hat Mrs. Ashcraft alles vernichtet, was sie an ihn erinnern könnte.«

Ich stand auf und griff nach meinem Hut.

»Ich komm so um den Zweiten des Monats wieder vorbei«, sagte ich, als ich das Büro verließ.

Am Nachmittag des Ersten ging ich hinunter zum Postamt und erwischte Lusk noch, den Inspektor, der zu der Zeit die Schalter unter sich hatte.

»Ich hab da einen Draht zu einem Blütendrucker oben aus dem Norden«, erzählte ich Lusk. »Er soll seine Briefe hier postlagernd kriegen. Können Sie's irgendwie so einrichten, daß ich den mal ins Visier kriege?«

Postinspektoren sind an Händen und Füßen durch Vorschriften und Dienstanweisungen gebunden, die ihnen verbieten, Privatdetektiven Hilfestellung zu leisten – es sei denn, es handelt sich um bestimmte Verbrechen. Aber ein freundlicher Inspektor treibt einen nicht unbedingt bis zum Äußersten. Man lügt ihm etwas vor – damit er ein Alibi hat, falls irgend etwas herauskommt –, und ob er einem nun glaubt oder ob er denkt, man belüge ihn, spielt keine Rolle.

Ich war also gleich wieder unten und lungerte in Sichtweite des Schalters für die Buchstaben A bis D herum, und der Beamte hinter der Scheibe war angewiesen, mir den Schalter zu überlassen, falls nach Ashcrafts Post gefragt werden sollte. Es war zwar noch keine Post für ihn da – Mrs. Ashcrafts Brief würde wohl auch kaum mehr an diesem Nachmittag in sein Fach wandern –, aber ich wollte nichts riskieren, und so blieb ich bis Schalterschluß auf dem Posten.

Wenige Minuten nach zehn am nächsten Vormittag konnte ich in Aktion treten. Einer der Schalterbeamten gab mir das Zeichen. Ein kleiner Mann in blauem Anzug und mit grauem Schlapphut entfernte sich mit einem Umschlag in der Hand von dem Schalter. Ein Mann von vielleicht vierzig Jahren, auch wenn er älter wirkte. Sein Gesicht war teigig, der Gang schleppend, und sein Anzug hatte Kleiderbürste und Bügeleisen dringend nötig.

Er steuerte direkt das Schreibpult an, vor dem ich stand und mit einigen Papieren herumfummelte. Er holte einen großen Briefumschlag aus der Tasche, und mein Blick fiel gerade lange genug auf dessen Vorderseite, um zu sehen, daß er bereits frankiert und adressiert war. Er hielt die Seite mit der Adresse gegen den Oberkörper, steckte den am Schalter abgeholten Brief in den Umschlag und beleckte die zurückgeschlagene Klappe so, daß unmöglich jemand die Vorderseite des Umschlags sehen konnte. Dann strich er die Klappe sorgfältig fest und wandte sich den Briefkastenschlitzen zu. Ich ging ihm nach. Mir blieb nichts übrig als das stets zuverlässige Stolpern.

Ich setzte zum Überholen an, und als ich dicht an ihm dran war, spielte ich einen Sturz auf den Marmorboden, ihn anrempelnd und ihn packend, als suchte ich Halt an ihm. Es war miserabel. Mitten in meiner Nummer rutschte ich wirklich aus, und wie zwei Ringer gingen wir beide zu Boden.

Ich rappelte mich auf, riß ihn hoch, murmelte eine Entschuldigung und mußte ihn fast beiseite stoßen, um vor ihm bei dem Umschlag zu sein, der mit der Vorderseite auf dem Boden lag.

Als ich ihm den Umschlag reichte, mußte ich ihn umdrehen, um an die Adresse zu kommen:

Mr. Edward Bohannon,
Golden Horseshoe Café,
Tijuana, Baja California,
Mexico.

Ich hatte die Adresse, mich zugleich aber auch verraten. Es gab keine Möglichkeit auf Gottes Erdboden, diesem kleinen Mann in Blau nun noch einreden zu können, ich hätte es nicht auf die Adresse abgesehen gehabt.

Ich klopfte meine Sachen ab, während er seinen Umschlag in einen Schlitz schob. Er kam nicht zurück zu mir, wollte nichts mehr von mir, sondern wandte sich dem Ausgang zur Mission Street zu. Nach dem, was er wußte, konnte ich ihn nicht einfach so gehen lassen. Ich wollte nicht, daß Ashcraft einen Tip bekäme, bevor ich ihn gefunden hätte. Ich mußte es mit einem anderen Trick versuchen, der ebenso alt war wie der, den der glatte Fußboden mir vermasselt hatte.

Ich holte ihn ein, und im selben Augenblick wandte er den Kopf, um zu sehen, ob jemand ihm folge.

»Hallo, Micky!« grüßte ich ihn freudig. »Wie geht's denn so in Chi?«

»Sie müssen mich verwechseln.« Er sagte das aus dem Winkel seines graulippigen Mundes, ohne stehen zu bleiben. »Ich weiß nix von Chi.«

Seine Augen waren blaßblau mit Pupillen von Stecknadelkopfgröße – die Augen eines Heroin- oder Morphiumsüchtigen.

»Nu tu ma nich so«, sagte ich. »Du bist doch erst heute morgen aus'm Zug gefallen.«

Er blieb auf dem Gehsteig stehen und sah mich an.

»Ich? Für wen halten Sie mich eigentlich?«

»Du bist Micky Parker. Der Holländer hat uns geflüstert, daß du hierher unterwegs bist.«

»Sie spinnen«, grinste er mich hämisch an. »Ich hab keine Ahnung, wovon Sie überhaupt reden!«

Das machte nichts – ich hatte auch keine. Ich hob meine rechte Hand in der Manteltasche.

»Jetzt werd ich dir ma was erzählen«, knurrte ich.

Er zuckte vor meiner sich ausbeulenden Tasche zurück.

»Hey, hör zu, Bruder!« flehte er. »Du verwechselst mich – ehrlich. Ich heiße nicht Micky Parker, und ich lebe hier schon 'n ganzes Jahr in Frisco.«

»Das mußte mir erst ma beweisen.«

»Kann ich machen«, rief er aus, ganz Eifer. »Ich schlepp dich ab zu mir und beweis es dir. Ich heiß Ryan und ich wohn hier um die Ecke an der Sixth Street.«

»Ryan?« fragte ich.

»Ja – John Ryan.«

Das kreidete ich ihm an. Jeder dritte Ganove der alten Schule hat diesen Namen mindestens einmal benutzt; er ist der John Smith der Unterwelt.

Dieser spezielle John Ryan führte mich um den Block zu einem Haus auf der Sixth Street, wo die Wirtin – ein grobschlächtiges Weib von fünfzig Jahren mit Armen, die so behaart und muskulös waren wie die eines Dorfschmieds – mir versicherte, ihr Mieter lebe schon monatelang in San Francisco, das wisse sie ganz genau, und sie erinnerte sich, ihn während der letzten zwei Wochen mindestens einmal täglich gesehen zu haben. Hätte ich wirklich den Verdacht gehabt, dieser Ryan sei mein fabulöser Micky Parker aus Chicago, ich würde der Frau kein Wort geglaubt haben; aber wie die Dinge lagen, tat ich so, als wäre ich überzeugt.

Das schien also geklappt zu haben. Mr. Ryan war genasführt, lebte in dem Glauben, ich hätte ihn mit einem anderen Gangster verwechselt und Ashcrafts Brief interessierte mich nicht. Es würde also nichts weiter passieren – oder nichts allzu Schlimmes –, wenn ich die Sache auf sich beruhen ließe. Aber unvernähte Fäden stören mich. Dieser Vogel war ein Fixer, und er hatte sich unter einem reichlich sonderbaren Namen vorgestellt, also ...

»Was machst'n so, um zu deinen Brötchen zu kommen?« fragte ich ihn.

»Och, hab gar nix gemacht die letzten zwei Monate«, quasselte er, »aber nächste Woche will ich mit 'nem Kumpel so'n kleinen Freßladen aufmachen.«

»Gehn wir hoch auf dein Zimmer«, schlug ich vor. »Ich will mit dir reden.«

Begeistert war er nicht, aber er ging mit mir hinauf. Er hatte zwei Zimmer und eine Küche im zweiten Stock – dreckige, übelriechende Zimmer.

»Wo's Ashcraft?« knallte ich ihm vor den Kopf.

»Ich weiß nicht, wovon du redest«, murmelte er.

»Da mußt du aber bald drauf kommen«, riet ich ihm, »sonst wartet nämlich 'ne Gummizelle auf dich, und da kriegst du dann das Zähneklappern.«

»Du hast nichts in der Hand gegen mich.«

»Von wegen! Wie würden dir dreißig oder sechzig Tage wegen Landstreicherei gefallen?«

»Landstreicherei, ha!« kläffte er. »Ich wohn hier und hab 'n halben Riesen auf der Tasche.«

Ich grinste ihn an.

»Du weißt genau, was ich meine, Ryan. 'ne Tasche voll Geld nützt dir gar nix in Kalifornien. Du arbeitest nicht. Du kannst nicht nachweisen, wo du dein Geld her hast. Du bist wie geschaffen für das Landstreichergesetz.«

Ich stellte mir diesen Vogel als kleinen Rauschgifthändler vor. Wenn er das war – oder wenn er irgendwelchen anderen Dreck am Stecken hatte, der ans Licht kommen könnte, wenn man ihn in die Mangel der Justiz nähme –, so war nicht ausgeschlossen, daß er Ashcraft preisgeben würde, um die eigene Haut zu retten; zumal Ashcraft meines Wissens nicht auf der falschen Seite des Strafgesetzes stand.

»An deiner Stelle«, fuhr ich fort, während er auf den Boden starrte und überlegte, »würd ich ein lieber, braver Junge sein und machen, was ich dir sage. Du bist...«

Er drehte sich in seinem Schaukelstuhl ein wenig zur Seite, und eine Hand verschwand hinter ihm.

Ich trat ihn aus seinem Stuhl.

Der Tisch rutschte unter mir weg, sonst hätte ich ihn für eine Weile niedergestreckt. So traf ihn der aufs Kinn gezielte Tritt auf die Brust, so daß er rückwärts umkippte und der Schaukelstuhl auf ihm landete. Ich riß den Stuhl weg und nahm ihm die Kanone ab – eine billige, mit Nickel beschlagene 32er. Dann setzte ich mich wieder auf die Tischecke.

Mehr als dieses kurze Aufflackern von Kampfgeist hatte er nicht in sich. Weinerlich kam er hoch.

»Ich will Ihnen ja alles erzählen. Ich will keinen Ärger. Dieser Ashcraft hat zu mir gesagt, er würde seine Frau nur hinhalten. Jeden Monat, wenn ich ihm seinen Brief nach Tijuana nachschikke, krieg ich zehn Eier dafür. Ich hab ihn hier kennengelernt, und als er vor sechs Monaten in den Süden ging – er hat da unten ein Mädchen –, hab ich ihm versprochen, das für ihn zu erledigen. Ich hab wohl gewußt, daß es Geld ist – sein ›Kindergeld‹ wär es, hat er gesagt –, aber daß da irgendwas faul dran ist, hab ich nich gewußt.«

»Was für 'ne Art *hombre* ist denn dieser Ashcraft? Was hat der so für krumme Touren drauf?«

»Ich weiß nicht. Könnte 'n Schwindler sein – wirkt ganz flott so nach außen. Er is Engländer und nennt sich meistens Ed Bohannon; und is scharf auf O. Ich selber brauch das Zeug ja nich« – der Witz war nicht schlecht – »aber Sie wissen ja, wie das is in so 'ner Stadt – man lernt eben alle möglichen Typen kennen. Aber was dem so seine Spezialität is, weiß ich wirklich nich.«

Das war alles, was ich aus ihm herauskriegen konnte. Er konnte oder wollte mir nicht erzählen, wo Ashcraft in San Francisco gewohnt hatte oder in welchen Kreisen er verkehrt hatte.

Ryan schrie Zeter und Mordio, als ihm klar wurde, daß ich vorhatte, ihn einzubuchten.

»Sie haben gesagt, Sie lassen mich laufen, wenn ich rede«, winselte er.

»Hab ich nicht. Und selbst wenn – ich glaube, alle eventuell getroffenen Vereinbarungen werden ungültig, wenn einer seinen Ballermann auf mich richtet. Los, auf!«

Ich konnte es mir nicht leisten, ihn frei herumlaufen zu lassen, solange ich noch keine Verbindung mit Ashcraft hatte.

Er würde ein Telegramm aufgegeben haben, bevor ich drei Blocks weit weg gewesen wäre, und danach würde mein Informant auf Nimmerwiedersehen verschwunden sein.

Ich hatte einen guten Riecher bewiesen, Ryan hinter Riegel zu bringen. Als man ihm im Präsidium die Fingerabdrücke abgenommen hatte, entpuppte er sich als ein Fred Rooney, alias »Jamocha«, Kräuterhändler und Stärkungsmittelschmuggler, der aus dem Bundesgefängnis von Leavenworth ausgebrochen war, nachdem er von zehn Jahren erst zwei abgebrummt hatte.

»Können Sie ihn für zwei Tage erst mal zunähn?« fragte ich den Captain des Stadtgefängnisses. »Ich habe da 'ne Sache zu erledigen, die glatter läuft, wenn'n Weilchen kein Wort von ihm nach draußen kommt.«

»Aber na sicher«, versprach der Captain. »Die Leute vom Bundesgefängnis holen ihn erst in zwei bis drei Tagen hier ab. Ich werd ihn luftdicht abschließen derweil.«

Vom Gefängnis fuhr ich hoch zu Vance Richmonds Büro und teilte ihm meine Neuigkeit mit.

»Ashcraft kriegt seine Post in Tijuana. Er lebt da unten unter dem Namen Ed Bohannon, möglicherweise mit einer Frau zusammen. Ich habe gerade einen von seinen Freunden ins Kühlfach verfrachtet; einen, der ihm die Post besorgt hat und vorher mal aus'm Gefängnis ausgebrochen war.«

Der Anwalt griff nach dem Telefon und wählte eine Nummer.

»Ist dort Mrs. Ashcraft? ... Hier ist Mr. Richmond ... Nein, direkt gefunden haben wir ihn noch nicht, aber ich glaube, wir wissen, wo er ist ... Ja ... In etwa fünfzehn Minuten.«

Er legte den Hörer auf und erhob sich.

»Wir fahren schnell mal zu Mrs. Ashcraft.«

Eine Viertelstunde später stiegen wir in der Jackson Street unweit der Gough Street aus Richmonds Wagen. Das Haus war ein dreigeschossiger weißer Steinbau, der – zurückgesetzt durch ein sorgfältig gepflegtes kleines Rasenstück – von der Straße durch ein Eisengeländer abgegrenzt war.

Mrs. Ashcraft empfing uns in einem Wohnzimmer des ersten Stocks. Eine hochgewachsene Frau von noch nicht dreißig, schlank und schön in einem grauen Kleid. ›Klar‹ war das Wort, das am besten zu ihr paßte; es traf das Blau ihrer Augen, das rosige Weiß ihrer Haut, das Hellbraun ihres Haars.

Richmond stellte mich ihr vor und erzählte ihr dann, was ich in Erfahrung gebracht hatte, wobei er die Sache mit der Frau in Tijuana jedoch wegließ. Und ich verschwieg ihr meine Vermutung, daß ihr Mann mittlerweile auf krummen Pfaden wandelte.

»Mr. Ashcraft lebt in Tijuana, wie ich hörte. Er verließ San Francisco vor sechs Monaten. Seine Post wird ihm nachgeschickt, an die Adresse eines Cafés dort, und er empfängt sie unter dem Namen Edward Bohannon.«

Glücklich leuchteten ihre Augen auf, doch zu zappeln fing sie nicht an; von der Sorte war sie nicht. Zu dem Anwalt sagte sie: »Soll ich hinfahren? Oder wollen Sie?«

Richmond schüttelte den Kopf.

»Keiner von uns beiden. Sie schon gar nicht, und ich kann momentan nicht weg.« Er wandte sich an mich. »Sie werden fahren müssen. Bestimmt verstehn Sie sich auf sowas auch besser als ich. Sie werden wissen, was zu unternehmen ist und wie man sowas anfaßt. Mrs. Ashcraft möchte sich ihm nicht aufdrängen, will aber auch nichts unversucht lassen, was ihm helfen könnte.«

Mrs. Ashcraft reichte mir eine kräftige, schmale Hand.

»Tun Sie, was Sie für am klügsten halten.«

Das war teils eine Frage, teils ein Ausdruck des Vertrauens.

»Das werd ich«, versprach ich.

Sie gefiel mir, diese Mrs. Ashcraft.

Tijuana hatte sich während der zwei Jahre, die ich nicht mehr dort gewesen war, kaum verändert. Noch immer dieselben zweihundert bis zweihundertfünfzig Meter staubiger, schmutzigbrauner Straße zwischen zwei Reihen von Saloon an Saloon und ein paar noch schmutzigerer Seitenstraßen, in denen die Spelunken Unterschlupf fanden, für die auf der Hauptstraße kein Platz mehr war.

Das Automobil, das mich von San Diego hergebracht hatte, lud mich früh am Nachmittag in der Stadtmitte ab, als das Tagesgetriebe langsam losging. Das heißt, zwischen den auf der Straße herumlungernden Hunden und Mexikanern wankten erst zwei oder drei Betrunkene herum, wenngleich bereits eine ganze Meute Angetrunkener von einem Saloon in den nächsten stürzte.

Zu der Mitte des nächsten Blocks erblickte ich ein großes goldglänzendes Hufeisen. Ich ging die Straße weiter hinunter und dann hinein in den Saloon, der zu diesem Zeichen gehörte. Es war eine für den Ort recht typische Kneipe. Links, wenn man hineinkam, eine Bar, die halbe Tiefe des Baus einnehmend, mit drei Spielautomaten am Ende. Gegenüber der Bar, vor der rechten Wand, eine Tanzfläche, die von der Vorderwand bis zu einem Podium reichte, auf dem ein schmieriges Orchester sich gerade für die Arbeit rüstete. Hinter dem Orchester war eine Reihe niedriger Buchten oder Verschläge, nach vorn hin offen und mit je einem Tisch und zwei Bänken.

Es war noch früh am Tag, und erst wenige Gäste saßen herum. Ich fing den Blick des Barmanns auf. Es war ein bulliger, rotgesichtiger Ire mit rotbraunem Haar, das nach vorn in zwei Locken angeklatscht war, so daß das bißchen Stirn, das er hatte, auch noch verdeckt wurde.

»Ich möchte Ed Bohannon sprechen«, sagte ich in vertraulichem Ton zu ihm.

Er sah mich mit ausdruckslosen Augen an.

»Ich kenne keinen Ed Bohannon.«

Ich holte ein Stück Papier und einen Bleistift heraus, kritzelte *Jamocha ist geschnappt* darauf und schob es ihm hin.

»Wenn ein Mann kommt, der sagt, er sei Ed Bohannon, geben Sie ihm das dann?«

»Ich denke schon.«

»Gut«, sagte ich. »Ich bleib noch'n bißchen hier.«

Ich ging weiter in den Raum hinein und setzte mich an einen Tisch in einer der Nischen. Kaum hatte ich mich niedergelassen, machte sich ein schlaksiges Mädchen neben mir breit, das sein Haar durch irgendein Mittel blaurot gemacht hatte.

»Kaufst mir'n kleinen Drink?« fragte sie.

Das Gesicht, das sie machte, sollte wahrscheinlich ein Lächeln sein. Was es auch war, es gab mir jedenfalls einen Stich. Ich hatte Angst, sie würde es noch einmal machen, und so gab ich mich geschlagen.

»Ja«, sagte ich und bestellte mir bei dem Kellner, der bereits über meiner Schulter hing, eine Flasche Bier.

Die Purpurhaardame an meiner Seite kippte ihren Schuß Whisky und machte gerade den Mund auf, um vorzuschlagen, wir sollten uns noch einen Drink bestellen – die Flittchen da unten halten nicht viel von Zeitverschwendung –, als hinter mir eine Stimme laut wurde.

»Cora, Frank will was von dir.«

Cora blickte verärgert über meine Schulter.

Dann schnitt sie mir wieder dieses scheußliche Gesicht, wobei sie sagte: »Na schön, Püppi. Kümmerst du dich um meinen Freund hier?« – und mich verließ.

Püppi glitt auf den Platz neben mir. Sie war ein kleines molliges Gör von vielleicht achtzehn – keinen Tag älter; ein Kind noch. Ihr kurzes Haar war braun und lockte sich um ein rundes, jungenhaftes Gesicht mit lachenden, frechen Augen.

Ich bestellte ihr einen Drink und mir noch eine Flasche Bier.

»Worauf bist du aus?« fragte ich.

»Auf Schnaps.« Sie grinste mich an – mit einem Grinsen, das ebenso jungenhaft war wie der gerade Blick aus ihren braunen Augen. »Literweise.«

»Und auf was sonst noch?«

Mir war klar, daß hinter diesem Austausch der Mädchen irgend etwas steckte.

»Na ja, wie ich höre, suchen Sie'n Freund von mir«, sagte Püppi.

»Schon möglich. Was hast du denn so für Freunde?«

»Na, da wär erst mal Ed Bohannon. Sie kennen Ed?«

»Nein – noch nicht.«

»Aber Sie suchen ihn?«

»Ah-hm.«

»Worum geht's denn? Vielleicht könnt ich ihm 'ne Nachricht zukommen lassen.«

»Ach, laß man«, bluffte ich. »Wenn dein Ed auf so'nem hohen Roß sitzt... Aber was soll's, ist ja nicht *mein* Bier. Ich kauf dir noch'n Drink und trabe weiter.«

Sie sprang auf.

»Aber so warten Sie doch mal! Ich seh zu, ob ich ihn kriegen kann. Wie ist Ihr Name?«

»Parker tut's genauso wie jeder andere«, sagte ich, ihr den Namen nennend, der mir bei Ryan zuerst in den Sinn gekommen war.

»Warten Sie da!« rief sie zurück, als sie auf die Hintertür zuging. »Ich werd ihn schon irgendwo auftreiben.«

»Das wirst du bestimmt«, pflichtete ich ihr bei.

Zehn Minuten vergingen, und durch den Vordereingang des Etablissements näherte sich ein Mann meinem Tisch. Es war ein blonder Engländer, noch unter vierzig, bei dem alle Merkmale des Gentleman schäbig geworden waren. Ganz auf den Hund gekommen war er noch nicht, aber die Stumpfheit der blauen Augen, die Tränensäcke darunter, die verhuschten Linien um den Mund, die Schlaffheit des Mundes und sein grauer Teint ließen keinen Zweifel darüber, daß es steil bergab ging mit ihm. Trotzdem wirkte er noch einigermaßen attraktiv, was er einem Rest früherer Gesundheit zu verdanken hatte.

Er setzte sich mir gegenüber.

»Sie suchen mich?«

»Sie sind Ed Bohannon?«

Er nickte.

»Jamocha ist vor zwei Tagen aufgegriffen worden«, ließ ich ihn wissen. »Inzwischen dürfte er seinen Trip in den Großknast von Kansas angetreten haben. Er hat mir rausgeschmuggelt, ich soll Ihnen Bescheid sagen. Er wußte nämlich, daß ich in die Gegend hier runter wollte.«

Mit gerunzelten Brauen blickte er auf die Tischplatte. Dann sah er mich wieder scharf an.

»Hat er sonst noch was gesagt?«

»*Er* hat mir überhaupt nix gesagt. Ein Mittelsmann hat mir das geflüstert. Ihn selber hab ich gar nich gesehn.«

»Sie bleiben eine Weile hier?«

»Ja, zwei oder drei Tage«, sagte ich. »Ich hab hier was auf'm Feuer.«

Er lächelte und hielt mir seine Hand hin.

»Danke für den Tip, Parker«, sagte er. »Wenn Sie'n paar Schritte mitkommen wollen, geb ich Ihnen was Echtes zu trinken.«

Dagegen hatte ich nichts einzuwenden. Er führte mich hinaus aus dem Goldenen Hufeisen und eine Seitenstraße hinunter zu einem Haus aus Luftziegeln, das draußen am Rand der Stadt stand, wo sie in die Wüste hinein ausfranste. Er wies mir einen Stuhl im Vorderzimmer an und ging ins Nebenzimmer.

»Worauf haben Sie Lust?« rief er durch die Tür. »Korn, Gin Scotch...«

»Der Letzte ist Sieger«, unterbrach ich seine Aufzählung.

Er brachte eine Flasche Black & White herein, einen Siphon und Gläser, und wir ließen uns zum Trinken nieder. Wir tranken und redeten, tranken und redeten, und beide stellten wir uns betrunkener, als wir in Wirklichkeit waren – obgleich wir ziemlich bald beide voll waren wie die Raubritter.

Es war ein Wettsaufen, schlicht und einfach. Er wollte mich zum Schwachmann machen – einem Schwachmann, aus dem mit Leichtigkeit alle Geheimnisse herauszuholen wären –, und ich versuchte dasselbe Spiel mit ihm. Wir kamen dabei aber beide nicht weit.

»Wissen Sie«, sagte er, als es langsam dunkel wurde, »ich bin'n Riesenarschloch gewesen. Ich hab 'ne Frau – die besse Frau inna Welt. Zurückkomm soll ich zu ihr – na ja unsoweita. Un was mach ich? Häng hier rum, supp das Seuch da – knall mir auch noch die Feife rein – un dabei könnich wer sein. Arch – Architekt, vaschtehn Se, unnochnichman schlechta. Bin aba ausm Takt gekomm – hab mich mit diesen Leuten einge – eingelassen. K-komm anscheind nich los davon. Aber ich wer gehn – kein Qquatsch. Wer zurückgehn zu meim Frauchen – besse Frau inna Welt. Mach Schluß midda Feife unalm. Guck mich an. Seh ich aus wie'n Süchtjer? Kein bißchen! Waich mich be-beherrschn kann, darum. Wer ich da seign – un jetz rauch ich eine – daß ich's kann oda bleibm lassen kann.«

Benebelt rappelte er sich aus seinem Stuhl hoch, wankte in das Nebenzimmer und kam kurz darauf zurückgetorkelt – auf einem Silbertablett ein feinstes Opiumbesteck balancierend, alles in Silber und Elfenbein.

Er stellte es auf den Tisch und offerierte mir mit großer Geste eine Pfeife.

»Nimm kleines Ende von mir, Parker.«

Ich sagte ihm, ich würde beim Scotch bleiben.

»Dann geb ich dir'n Schuß C, wenne das lieba wist«, lud er mich ein.

Ich lehnte das Cocain ab, und so fläzte er sich neben den Tisch bequem auf den Fußboden, rollte sich ein Kügelchen, verbriet es, und unsere Party ging weiter – er bediente seine O-Pfeife, ich schlug mich mit dem Scotch herum, und beide redeten wir weiter zum Vorteil des anderen und dachten dabei nur an den eigenen Vorteil.

Als um Mitternacht Püppi hereinkam, hatte ich so schwer geladen, daß ich mich kaum noch halten konnte.

»Na, ihr scheint euch ja zu amüsieren«, sagte sie lachend und beugte sich herab, um dem Engländer einen Kuß auf sein zerzaustes Haar zu geben.

Sie hockte sich an den Tisch und griff nach der Whiskyflasche.

»Alles ist herrlich«, versicherte ich ihr, wenn mir das wahrscheinlich auch nicht so klar über die Lippen kam.

»Sie sollten immer unter Strom stehn, Kurzer; das macht Sie 'ne Nummer größer.«

Ich weiß nicht mehr, ob ich darauf antwortete oder nicht. Jedenfalls legte ich mich kurz darauf neben den Engländer auf den Fußboden und schlief ein.

Die nächsten zwei Tage liefen ziemlich genauso ab wie der erste. Ashcraft und ich waren rund um die Uhr zusammen, das Mädchen meistens bei uns, und die einzige Zeit, in der wir nicht tranken, war, wenn wir unseren Rausch ausschliefen. Den größten Teil dieser drei Tage verbrachten wir entweder in dem Haus aus Luftziegeln oder im Goldenen Hufeisen, doch wir fanden immer noch Zeit für kürzere Besuche in so gut wie allen anderen Kneipen der Stadt. Was um mich herum vorging, kriegte ich nur verschwommen mit, aber ich glaube nicht, daß ich etwas ganz verpaßte.

Ashcraft und ich waren die dicksten Freunde, nach außen hin, aber keiner von uns gab sein Mißtrauen gegenüber dem anderen auf, egal wie betrunken wir wurden – und das wurden wir ganz schön. Er machte sich regelmäßig über seinen Rotzkocher her. Ich glaube nicht, daß das Mädchen geraucht hat, aber harte Drinks handhabte sie recht ordentlich.

Drei solche Tage, und dann, langsam nüchtern werdend, fuhr ich zurück nach San Francisco und stellte mir unterwegs eine Liste über das zusammen, was ich über Norman Ashcraft, alias Ed Bohannon, wußte und vermutete.

Die Liste ging ungefähr so:

1. Er ahnte oder war sich dessen sogar sicher, daß ich auf Betreiben seiner Frau gekommen war – er war zu glatt gewesen und hatte mich zu gut unterhalten; deswegen stand das fest für mich. 2. Allem Anschein nach hatte er den Vorsatz, zu seiner Frau zurückzukehren, wenn es auch keine Garantie dafür gab,

daß er es tatsächlich tun würde. 3. Er war kein unheilbar Rauschgiftsüchtiger. 4. Es war nicht ausgeschlossen, daß er sich unter dem Einfluß seiner Frau zusammennehmen würde, aber es war unwahrscheinlich – er war wohl körperlich noch nicht ganz unten, aber er hatte einmal die Gosse geschmeckt und schien Geschmack daran gefunden zu haben. 5. Das Mädchen Püppi liebte ihn wahnsinnig, während er sie gernhatte, sich innerlich aber von ihr zurückzog.

Nach einem guten Schlaf im Nachtzug zwischen Los Angeles und San Francisco landete ich auf der Bahnstation an der Third und Townsend Street mit fast normalem Kopf und Magen und nicht allzu vielen Knoten in den Nerven. Ich verdrückte ein Frühstück, das reichhaltiger war als alles, was ich seit drei Tagen gegessen hatte, und fuhr hinauf zu Vance Richmonds Büro.

»Mr. Richmond ist in Eureka«, sagte mir seine Stenotypistin.

»Können Sie ihn mir ans Telefon holen?«

Sie konnte und tat es.

Ohne irgendwelche Namen zu nennen, erzählte ich dem Anwalt, was ich wußte und vermutete.

»Ja, verstehe«, sagte er. »Wie wär's, wenn Sie zu Mrs. A. rausfahren und ihr sagen, daß ich ihr heute abend noch schreibe und wahrscheinlich übermorgen wieder zurück bin. Ich finde, wir können warten bis dahin, ehe wir was unternehmen.«

Ich erwischte eine Straßenbahn, stieg an der Van Ness Avenue um und ging hinaus zu Mrs. Ashcrafts Haus. Ich klingelte, aber es rührte sich nichts. Erst als ich noch ein paarmal geklingelt hatte, fiel mir auf, daß unter dem Vordach zwei Morgenzeitungen lagen. Ich sah mir die Daten an – von heute und gestern morgen.

Ein Mann in verblichenem Overall sprengte den Rasen nebenan.

»Können Sie mir sagen, ob die Leute von hier weggefahren sind?« rief ich.

»Kann ich mir nicht denken. Die Hintertür steht auf, hab ich heut morgen gesehn.«

Er hörte auf, sich das Kinn zu kratzen.

»Na, vielleicht sind sie doch weggefahren«, sagte er langsam. »Wenn ich's recht bedenke, hab ich sie gar nicht mehr gesehn – seit – ja, seit gestern – keinen mehr.«

Ich trat von der Haustreppe herunter, ging ums Haus, stieg hinten über den niedrigen Zaun und ging die rückwärtigen Stufen hinauf. Die Küchentür stand etwa zwei Fuß breit offen. Zu sehen war niemand in der Küche, aber ich hörte Wasser laufen.

Ich klopfte mit den Knöcheln der Faust an die Tür, laut. Es kam keinerlei Antwort. Ich stieß die Tür auf und ging hinein. Über dem Spülbecken lief der Wasserhahn. Ich blickte ins Spülbecken.

Unter dem schwach laufenden Wasser lag ein Tranchiermesser. Die Klinge maß knapp einen Fuß; sie sah scharf aus. Das Messer war sauber, aber der hintere Teil des Beckens – wo nur kleine Wassertropfen hingespritzt waren – war mit rotbraunen Pünktchen gesprenkelt. An einem davon kratzte ich mit dem Fingernagel – getrocknetes Blut.

Abgesehen von dem Spülbecken war in der Küche alles sauber und ordentlich. Ich machte die Tür zur Speisekammer auf. Alles an seinem Platz, wie es schien. Auf der gegenüberliegenden Seite der Küche führte eine weitere Tür ins Vordere des Hauses. Ich öffnete die Tür und trat in einen Gang. Das Licht aus der Küche erhellte den Gang nicht ausreichend. Ich tastete im Dämmerlicht nach dem Lichtschalter, der irgendwo dort sein mußte. Ich trat auf etwas Weiches.

Den Fuß zurückziehend, suchte ich in meiner Tasche nach Streichhölzern und entzündete eins. Vor mir – Kopf und Schultern auf dem Fußboden, Becken und Beine auf den unteren Stufen einer Treppe – lag in Unterkleidung der Filipino-Boy.

Er war tot. Ein Auge war aufgeritzt, und die Kehle war knapp unter dem Kinn glatt durchtrennt. Ich sah die Szene vor mir, ohne die Augen schließen zu müssen. Oben auf der Treppe – die Linke des Killers fährt dem Filipino ins Gesicht – der Daumennagel reißt die Hornhaut des Auges auf – das braune Gesicht wird zurückgebogen – der braune Hals spannt sich für die Schneide der Klinge – der Schnitt – und der Stoß die Stufen hinunter.

Das Licht von meinem zweiten Streichholz zeigte mir den Schalter. Glühbirnen leuchteten auf, ich knöpfte mir den Mantel zu und ging die Treppe hinauf. Auf den Stufen hier und da dunkle Stellen von getrocknetem Blut, und beim Treppenabsatz im ersten Stock ein großer Fleck an der Tapete. Am oberen Ende der Treppe fand ich einen weiteren Schalter und machte Licht.

Ich folgte dem Flur, steckte den Kopf in zwei Zimmer, die in Ordnung zu sein schienen, und bog dann um eine Ecke – und zuckte zurück, mit knapper Not noch verhindernd, daß ich über eine Frau stolperte, die dort lag.

Zusammengekrümmt lag sie auf dem Fußboden, das Gesicht nach unten, die Knie angezogen, beide Hände an den Bauch gepreßt. Sie hatte ein Nachthemd an, und das Haar lag in einem Zopf über ihrem Rücken.

Ich legte einen Finger auf ihren Nacken. Steinkalt.

Ich kniete mich hin – um sie nicht umdrehen zu müssen – und sah nach dem Gesicht. Es war das Dienstmädchen, das mich und Richmond vor vier Tagen ins Haus gelassen hatte.

Ich stand wieder auf und blickte mich um. Der Kopf des Dienstmädchens lag dicht an einer geschlossenen Tür. Ich ging um sie herum und stieß die Tür auf. Ein Schlafzimmer, aber nicht das des Dienstmädchens. Es war ein delikat luxuriöses Schlafgemach in Creme und Grau, mit französischen Drucken an den Wänden. Nichts im Zimmer war durcheinander gebracht außer dem Bett. Das Bettzeug war zerwühlt und zerrauft, ein wüster Haufen in der Mitte des Bettes – ein Haufen, der zu groß war ...

Mich über das Bett beugend, fing ich an, das Bettzeug herunterzuziehen. Das zweite Stück hatte Blutflecken. Ich riß den Rest herunter.

Mrs. Ashcraft – tot.

Ihr Körper war ein kleines Bündel, an dem sonderbar verdreht der Kopf lag – an einem Hals hängend, der glatt bis auf den Knochen durchgeschnitten war. Das Gesicht wies von der Schläfe bis zum Kinn vier tiefe Kratzer auf. Ein Ärmel der blauseidenen Schlafanzugjacke war abgerissen. Laken und Schlafanzug waren naß von Blut, das durch das darübergehäufte Deckenzeug noch nicht trocknen konnte.

Ich deckte sie wieder zu, drückte mich vorbei an der toten Frau im Flur und ging die Treppe nach vorn hinunter, wobei ich noch mehr Lichter anmachte und mich fieberhaft nach dem Telefon umsah. Unten an der Treppe fand ich es. Zuerst rief ich die Mordkommission an, dann Vance Richmonds Büro.

»Benachrichtigen Sie Mr. Richmond, daß Mrs. Ashcraft ermordet worden ist«, sagte ich seiner Stenotypistin. »Ich bin in ihrem Haus, er kann mich hier erreichen.«

Dann ging ich zur Haustür hinaus, setzte mich auf die oberste Stufe und wartete rauchend auf die Polizei.

Mir war hundeelend. Ich habe im Laufe der Jahre mehr Tote gesehen als zehn Gleichaltrige zusammen, aber meine Nerven waren von der dreitägigen Sauferei noch etwas mitgenommen, und so war mir diese Sache jetzt doch ein bißchen in die Knochen gegangen.

Der Polizeiwagen schwenkte um die Ecke und fing an, Männer auszuspucken, bevor ich meine erste Zigarette zu Ende geraucht hatte. O'Gar, der Detektivsergeant, dem das Morddezernat unterstellt war, stürmte als erster die Treppe hinauf.

»Hallo«, grüßte er mich. »Was haben Sie denn diesmal auf Lager?«

»Ich hab hier drin drei Leichen gefunden, noch eh ich richtig hingeguckt hatte«, sagte ich zu ihm, als ich ihn ins Haus führte. »Vielleicht findet ja so'n amtlich bestallter Detektiv wie Sie noch mehr davon.«

»Och, Sie können doch zufrieden sein – als Lehrjunge«, sagte er.

Meine Flauheit war verflogen. Ich brannte auf Arbeit.

Zuerst zeigte ich O'Gar den Filipino, dann die zwei Frauen.

Weitere Leichen fanden wir nicht. Die nächsten paar Stunden waren wir alle – O'Gar, die acht Männer unter ihm und ich – mit Kleinarbeit beschäftigt. Das Haus mußte vom Dachboden bis zum Keller abgegangen werden. Die Nachbarschaft mußte in die Zange genommen werden. Die Vermittlungsagenturen, durch die das Dienstpersonal Anstellung gefunden hatte, mußten unter die Lupe genommen werden. Verwandte und Bekannte des Filipinos und des Dienstmädchens mußten aufgespürt und vernommen werden. Zeitungsjungen, Postboten, Lebensmittellieferanten, Wäschefahrer mußten gefunden, vernommen und überprüft werden.

Als die wichtigsten Berichte eingegangen waren, setzte sich O'Gar mit mir unauffällig von den anderen ab, und wir schlossen uns in der Bibliothek ein.

»Vorgestern nacht, hm? Mittwochnacht?« brummte O'Gar, als wir es uns in zwei Ledersesseln bequem gemacht hatten und Tabak qualmten.

Ich nickte. Der Bericht das Arztes, der die Leichen untersucht hatte, die zwei Zeitungen unter dem Vordach, die Tatsache, daß weder Nachbar noch Kaufmann noch Fleischer irgendwen von ihnen seit Mittwoch gesehen hatte – all das deutete auf Mittwochnacht – oder auf den frühen Donnerstagmorgen – als Tatzeit.

»Ich würde sagen, der Killer ist durch die Hintertür eingebrochen«, fuhr O'Gar fort, durch den Rauch an die Decke starrend, »hat sich in der Küche das Tranchiermesser geschnappt und ist nach oben gegangen. Vielleicht ging er stracks zu Mrs. Ashcrafts Zimmer – vielleicht auch nicht. Aber er ist ziemlich bald da reingegangen. Der rausgerissene Ärmel und die Kratzer auf ihrem Gesicht deuten auf ein Handgemenge. Der Filipino und das Dienstmädchen hören den Krach – hören sie vielleicht schreien – und kommen angerannt, um zu sehn, was los ist. Das Dienstmädchen kommt höchstwahrscheinlich genau in dem Augenblick an die Tür, als der Killer aus dem Zimmer tritt – und sie kaltmacht. Ich schätze, da erblickt der Filipino ihn und rennt weg. Der Killer holt ihn oben auf der Treppe nach hinten ein – und murkst ihn ab. Dann geht er runter in die Küche, wäscht sich die Hände, läßt das Messer zurück und verduftet.«

»So weit, so gut«, stimmte ich zu; »aber mir fällt auf, daß Sie dabei gar nicht fragen, wer er war und warum er getötet hat.«

»Drängen Sie mich nicht«, knurrte er, »darauf komm ich schon noch. Es scheint bloß drei Möglichkeiten zu geben. Der Killer war entweder ein Geisteskranker, der die Sache aus Spaß an der Freude gemacht hat; ein Einbrecher, der entdeckt wurde und dann durchdrehte; oder jemand, der einen Grund dafür hatte, Mrs. Ashcraft um die Ecke zu bringen, und der dann die zwei Dienstboten töten mußte, als sie ihn entdeckten. Ich persönlich vermute, daß es jemand war, der Mrs. Ashcraft aus der Welt schaffen wollte.«

»Nicht so übel«, lobte ich. »Jetzt hören Sie folgendes: Mrs. Ashcraft hat einen Mann in Tijuana, der O raucht – aber nicht hoffnungslos süchtig ist – und ganz schön in der Ganovenszene drinsteckt. Sie versuchte ihn rumzukriegen, wieder zu ihr zurückzukommen. Er hat da unten ein Mädchen, sehr jung noch, irrwitzig in ihn verschossen, und sie kann sich schlecht verstellen – ein mörderisches kleines Luder. Er hatte vor, das Mädchen sitzenzulassen und zu seiner Frau heimzukommen.«

»Sooo?« sagte O'Gar leise.

»Aber«, fuhr ich fort, »ich war bei den beiden – in Tijuana – vorgestern nacht – als hier gemordet wurde.«

»Soo?«

Ein Klopfen an der Tür unterbrach unser Gespräch. Es war ein Polizist, der mich ans Telefon rief. Ich ging runter ins Erdgeschoß, und Vance Richmonds Stimme kam aus dem Hörer.

»Was ist denn jetzt los? Miss Henry hat mir Ihre Nachricht durchgegeben, konnte mir aber keine Einzelheiten sagen.«

Ich erzählte ihm die ganze Sache.

»Ich fahre heute abend in die Stadt zurück«, sagte er, als ich fertig war. »Tun Sie inzwischen, was Sie für richtig halten. Sie haben freie Hand.«

»Gut; muß ich auch haben«, erwiderte ich. »Wahrscheinlich bin ich nicht mehr in der Stadt, wenn Sie zurückkommen. Sie können mich über die Agentur erreichen. Ich werde Ashcraft telegrafieren, er soll herkommen – in Ihrem Namen.«

Als Richmond aufgelegt hatte, rief ich das Stadtgefängnis an und fragte den Captain dort, ob John Ryan, alias Fred Rooney, alias Jamocha, noch da sein.

»Nein. Die Beamten des Bundesgefängnisses sind gestern morgen mit ihm nach Leavenworth abgefahren.«

Wieder oben in der Bibliothek sagte ich O'Gar in aller Eile:

»Ich nehme den Abendzug nach Süden. Möchte wetten, daß die Sache in Tijuana ausgebrütet wurde. Ich drahte Ashcraft, er soll herkommen. Will ihn ein, zwei Tage aus der mexikanischen Stadt raushaben, und wenn er hier ist, können Sie ihn ja im Auge behalten. Ich gebe Ihnen eine Beschreibung von ihm, und Sie können ihn in Vance Richmonds Büro abholen.«

Eine halbe Stunde meiner knapp bemessenen Zeit verbrachte ich damit, drei Telegramme zu schreiben und aufzugeben. Das erste war an Ashcraft.

EDWARD BOHANNON,
GOLDEN HORSESHOE CAFÉ,
TIJUANA, MEXICO.

MRS. ASHCRAFT TOT. KÖNNEN SIE SOFORT KOMMEN? VANCE RICHMOND

Die zwei anderen waren verschlüsselt. Eins ging an die Filiale der Continental Detektei in Kansas City – einer unserer Detektive sollte nach Leavenworth geschickt werden, um Jamocha zu verhören. In dem anderen bat ich unsere Filiale in Los Angeles, mir für den nächsten Tag einen Mann nach San Diego zu schicken.

Dann sauste ich los zu meiner Wohnung, packte ein paar saubere Sachen in meine Reisetasche und schlief dann ein im Zug, einmal mehr unterwegs nach Süden.

Als ich am frühen nächsten Nachmittag in San Diego ankam, herrschte dort buntes Treiben – es war der erste Samstag der Rennsaison, und die Stadt wimmelte von Menschen, die deswegen über die Grenze gekommen waren. Filmvolk aus Los Angeles, Farmer aus dem Imperial Valley, Matrosen der Pazifik-Flotte, Spieler, Touristen, Rumtreiber, sogar ganz gewöhnliche Leute aus allen Ecken des Landes. Ich aß, suchte mir ein Hotel, ließ meine Reisetasche dort und ging zum U.S. Grant Hotel, um den Agenten aus Los Angeles aufzulesen, den ich im Telegramm bestellt hatte.

Ich fand ihn in der Halle – ein sommersprossiger Bursche von vielleicht zweiundzwanzig, dessen hellgraue Augen gerade das Rennprogramm überflogen, das er in einer Hand hielt, an der ein Finger mit Leukoplast verbunden war. Ich ging an ihm vorbei zum Zigarrenstand, wo ich mir ein Päckchen Zigaretten kaufte und eine imaginäre Beule aus meinem Hut strich. Dann ging ich wieder hinaus auf die Straße. Der verbundene Finger und die Beschäftigung mit dem Hut waren unsere Erkennungszeichen. Irgendwer hat diese Tricks bereits vor dem Bürgerkrieg erfunden, da sie aber immer noch bestens funktionierten, war ihre Antiquiertheit kein Grund, sie abzuschaffen.

Ich schlenderte die Fourth Street entlang – vom Broadway, San Diegos Hauptader, mich entfernend –, und der Detektiv holte mich ein. Sein Name war Gorman, und ich machte ihn mit der Sachlage vertraut.

»Sie fahren runter nach Tijuana und hocken sich ins Goldene Hufeisen. Da verkehrt ein kleines molliges Mädchen, das Drinks schnorrt – ziemlich stämmig, braunes Lockenhaar; braune Augen; rundes Gesicht; großer roter Mund; kräftige Schultern. Sie können die gar nicht verfehlen; sieht ganz nett aus, die Kleine, ist aber erst achtzehn; wird Püppi genannt. Auf die müssen Sie Ihr Augenmerk richten. Aber Finger weg. Versuchen Sie nicht, mit ihr anzubändeln. Ich gebe Ihnen eine Stunde Vorsprung. Dann komm ich nach, weil ich mit ihr reden will. Was ich wissen will, ist, was sie gleich danach macht, wenn ich gegangen bin, und was sie dann in den nächsten paar Tagen macht. Erreichen können Sie mich jeden Abend im« – ich nannte ihm mein Hotel und meine Zimmernummer. »Und im übrigen nehmen Sie nicht die geringste Notiz von mir.«

Wir trennten uns, und ich ging hinunter zur Plaza und setzte mich für eine Stunde auf eine Bank. Dann ging ich hoch zu der Busstation an der Ecke und erkämpfte mir einen Platz nach Tijuana.

Nach fünfzehn oder mehr Meilen staubiger Fahrt – zu fünft auf Sitzbänke gequetscht, die für drei gedacht waren – und einem kurzen Aufenthalt an der Grenzstation stand der Bus vor dem Eingang zum Rennplatz, und ich stieg aus. Die Pferde liefen schon einige Zeit, aber noch immer spülten die Drehkreuze einen steten Strom von Zuschauern und Wettlustigen auf den Platz. Ich kehrte dem Tor den Rücken, ging hinüber zu der Reihe von Kleinbussen vor dem Monte Carlo – dem großen Holzbau des Spielcasinos – und fuhr in die Altstadt.

Die Altstadt machte einen verlassenen Eindruck. So gut wie jedermann war draußen und sah dem Treiben der Hunde zu. Als ich ins Goldene Hufeisen kam, hing Gormans Sommersprossengesicht über einem Glas Mescal. Ich wünschte ihm eine gute Konstitution. Er würde sie brauchen, wenn er bei seiner Schnüffelarbeit von destilliertem Kaktus leben wollte.

Das Hufeisenvolk begrüßte mich wie einen Heimgekehrten. Sogar der Barmann mit den angeklatschten Stirnlocken gönnte mir ein Grinsen.

»Wo's Püppi?« fragte ich.

»Du willst wohl Ed beerben, was?« sagte augenzwinkernd eine schwedische Riesendame. »Na, ich werd ma sehn, ob ich sie dir auftreiben kann.«

Aber da kam Püppi schon durch die Hintertür, flog auf mich zu, drückte mich, knutschte mich ab, rieb ihr Gesicht an meinem, und was sie sonst noch machte, weiß der Himmel. »Na, wieder da für 'ne neue Sause?«

»Nein«, sagte ich und führte sie nach hinten zu den Nischen. »Geschäftlich diesmal. Wo's Ed?«

»Rauf in'n Norden. Seine Frau is abgetreten, und er geht die Reste einsammeln.«

»Das macht dich traurig, was?«

»Und wie! Ich hab schwer dran zu knabbern, daß Papa plötzlich zu so'ner Masse Knete kommt.«

Ich sah sie von der Seite her an – mit einem Blick, der geheimes Verstehen signalisieren sollte.

»Und du glaubst, Ed kommt zurück und bringt dir den Zaster an?«

Aus ihren Augen traf mich ein dunkler Blitz.

»Was is'n mit *dir* los?« wollte sie wissen.

Ich lächelte vielsagend.

»Eins von zwei Dingen wird eintreffen«, sagte ich prophetisch. »Entweder Ed läßt dich im Stich – das hat er sowieso schon vorgehabt – oder er wird jeden Penny brauchen, den er zusammenkratzen kann, um seinen Kopf aus der...«

»Du gottverdammter Lügner!«

Ihre rechte Schulter war mir zugewendet, berührte meine linke. Ihre linke Hand fuhr hinab unter ihren kurzen Rock. Ich stieß ihre Schulter nach vorn, so daß ihr Oberkörper mit halber Drehung von mir wegflog. Das Messer, das ihre Linke hochgerissen hatte, fuhr tief in die Unterseite des Tisches. Ein Wurfmesser mit starker Klinge.

Sie trat nach hinten aus, und einer von ihren spitzen Absätzen bohrte sich mir ins Fußgelenk. Ich schob meinen linken Arm hinter ihr herum und preßte ihren Ellbogen an ihren Körper, als sie eben das Messer aus dem Tisch gezogen hatte.

»Was soll'n der Quatsch hier, wa?«

Ich sah auf.

Auf der anderen Seite des Tisches stand ein Mann und starrte wütend auf mich herab – die Beine gespreizt, die Fäuste in den Hüften. Ein großer grobknochiger Kerl mit breiten Schultern, auf denen ein langer gelber Hals saß, der einen kleinen runden

Kopf trug. Seine Augen waren schwarze Schuhknöpfe, die am oberen Ende einer kleinen zerknautschten Nase dicht beieinander standen.

»Wo hast'n deine Maniern her?« brüllte diese reizende Person mich an.

Er war ein bißchen zu grob, um sich mit ihm einzulassen.

»Wenn Sie'n Kellner sind«, sagte ich zu ihm, »dann bringen Sie mir 'ne Flasche Bier und irgendwas für die Kleine. Wenn Sie kein Kellner sind, verduften Sie.«

»Weißt du, was ich dir bringen werde? Einen ...«

Das Mädchen entwand sich meinen Händen und brachte ihn zum Schweigen.

»Für mich'n Schnaps – Scotch«, sagte sie in scharfem Ton.

Er knurrte, blickte zwischen uns beiden hin und her, zeigte mir noch einmal seine dunklen Zähne und schob ab.

»Wer ist denn dein Freund?«

»Laß den lieber in Ruhe«, riet sie mir, ohne meine Frage zu beantworten.

Dann schob sie ihr Messer wieder in das Versteck unter ihrem Rock und drehte sich zu mir, um mich anzusehen.

»Also was is jetz – in was für Schwierigkeiten soll Ed stecken?«

»Du hast von den Morden in der Zeitung gelesen?«

»Ja.«

»Dann brauchst du eigentlich nicht mehr lange zu überlegen«, sagte ich. »Ed ist bloß weg, um dir das anzuhängen. Aber ich weiß nicht, ob er das schafft. Wenn nicht, sitzt er in der Falle.«

»Du hast doch wo'n Knall!« rief sie aus. »Auch wenn du zehnmal besoffen warst – du weißt doch ganz genau, daß wir beide mit dir hier waren, als die Morde passierten.«

»Und wenn ich zehnmal 'n Knall habe – ich weiß ganz genau, daß das noch lange nichts beweist«, berichtigte ich sie. »Und mit meinem Knall gedenke ich den Mörder an meinem Handgelenk mit nach San Francisco zu nehmen.«

Sie lachte mich aus. Ich lachte zurück und stand auf.

»Ich werd dich ja noch wiedersehn«, sagte ich und schlenderte zur Tür.

Ich fuhr zurück nach San Diego und forderte telegrafisch einen weiteren Detektiv aus Los Angeles an. Dann aß ich etwas und verbrachte den Abend auf Gorman wartend in meinem Hotelzimmer.

Es war spät, als er kam, und er roch von San Diego nach St. Louis und zurück nach Mescal, aber sein Kopf schien einigermaßen klar zu sein.

»Einen Moment dachte ich, ich müßte Sie aus dem Laden da freischießen«, grinste er.

»Das überlassen Sie mir«, befahl ich. »Ihre Aufgabe ist Beobachten, sonst nichts. Was haben Sie rausgebracht?«

»Als Sie abgehaun waren, haben das Mädchen und der große Kerl die Köpfe zusammengesteckt. Sie schienen mir irgendwie aufgeregt – ganz schön aus dem Häuschen könnte man sagen. Er hat sich dann geschlichen, also hab ich das Mädchen fallengelassen und bin hinter ihm hergeschlichen. In der Stadt hat er ein Telegramm aufgegeben. Ich konnte nicht nah genug an ihn ran, um festzustellen, an wen es war. Dann ist er wieder in den Laden zurückgegangen.«

»Wer ist dieser Lulatsch denn?«

»Nicht grade 'n süßer Traum, nach dem, was ich höre. ›Gänsehals‹ Flinn nennen sie ihn. Er ist da Rausschmeißer und macht alles mögliche, was sonst in dem Laden noch anfällt.«

Dieser Gänsehalstyp war also der Kehrausmann vom Goldenen Hufeisen und hatte sich während meiner dreitägigen Sauftour nicht ein einziges Mal blicken lassen? Ich konnte unmöglich so betrunken gewesen sein, daß ich seine Häßlichkeit vergessen hätte. Und an einem dieser drei Tage war Mrs. Ashcraft samt ihrem Dienstpersonal umgebracht worden.

»Ich hab Ihrer Agentur telegrafiert, sie sollen noch einen Detektiv schicken«, teilte ich Gorman mit. »Der soll sich mit Ihnen in Verbindung setzen. Übergeben Sie ihm das Mädchen, und Sie hängen sich Gänsehals an die Fersen. Ich glaube, der hat drei Morde an seinem schönen Hals, also 'n bißchen Vorsicht.«

»Aye, aye, Cap«, und damit ging er weg, um etwas zu schlafen.

Den folgenden Nachmittag verbrachte ich auf dem Rennplatz, die Zeit bis zum Abend mit den Pferden mir vertreibend.

Nach dem letzten Rennen aß ich etwas im Sunset Inn und bummelte dann herum zu dem großen Casino – am anderen Ende desselben Baus. Tausend oder mehr Menschen aller Schattierungen schubsten einander dort herum und kämpften mit dem Geld, das ihnen das Rennen gelassen oder geschenkt hatte, um einen Gewinn beim Pokern, beim Würfeln, an Glücksrädern, Roulettescheiben und Automaten. Ich hatte keinen Bock auf eins dieser Spiele. Ich war schon lange nicht mehr verspielt. Ich wanderte in der Menge herum und suchte mir meine Leute.

Da war der erste – ein sonnengebräunter, kräftiger Mann, der eindeutig ein Farmarbeiter in seinem Sonntagsanzug war. Er drückte sich in Richtung Tür durch das Gewimmel, und sein Gesicht drückte jene bestimmte Leere aus, die dem Spieler eigen ist, der vor Ende des Spiels Bankrott gemacht hat. Es ist ein Ausdruck des Bedauerns weniger über den Verlust des Geldes als über die Notwendigkeit, aufhören zu müssen.

Ich fing den Farmarbeiter vor der Tür ab.

»Haben sie dich ausgenommen?« fragte ich mitfühlend.

Ein belämmertes Nicken.

»Wie wär's – hast du Lust, dir in zehn Minuten fünf Dollar zu verdienen?« führte ich ihn in Versuchung.

Er hatte Lust, aber worum drehte sich's dabei?

»Ich möchte, daß du mit mir in die Altstadt rüberkommst und dir da einen Mann ansiehst. Dann kriegst du dein Geld. Sind keine Fallstricke dabei.«

Damit war er zwar nicht ganz zufrieden, aber fünf Dollar sind fünf Dollar. Und er könne jederzeit aussteigen, wenn die Sache ihm nicht geheuer vorkäme. Er beschloß, es zu versuchen.

Ich ließ den Farmarbeiter an einer Tür warten und fischte mir den nächsten heraus – einen kleinen, dicken Mann mit runden, optimistischen Augen und schlaffen Lippen. Er willigte ein, sich die fünf Dollar auf die einfache und leichte Weise zu verdienen, die ich ihm geschildert hatte. Der nächste Mann, den ich anging, war ein bißchen zu ängstlich, um sich auf ein so undurchsichtiges Spiel einzulassen. Dann kam ich an einen Filipino – grandios, in hirschfarbenem Anzug; und schließlich kriegte ich noch einen stämmigen jungen Griechen, der wahrscheinlich Kellner war oder Frisör.

Vier Mann waren genug. Mein Quartett gefiel mir riesig. Für das, was ich vorhatte, sahen sie nicht zu intelligent aus, wirkten andererseits aber auch nicht gleich wie Ganoven oder Falschspieler. Ich setzte sie in einen Kleinbus und bugsierte sie hinüber in die Altstadt.

»Also die Sache ist die«, instruierte ich sie, als wir da waren – »ich geh ins Goldene Hufeisen, gleich um die Ecke. Ihr wartet zwei bis drei Minuten und kommt dann nach und bestellt euch was zu trinken.« Ich gab dem Farmarbeiter einen Fünfdollarschein. »Davon bezahlt ihr die Drinks – wird nicht abgezogen von euerm Lohn. In dem Laden ist ein großer, breitschultriger Mann mit einem langen gelben Hals und einem kleinen häßlichen Gesicht. Ihr könnt ihn gar nicht verfehlen. Ich möchte, daß ihr euch den alle gut anguckt, aber so, daß er nichts merkt. Wenn ihr sicher seid, daß ihr ihn überall wiedererkennen würdet, nickt ihr mir unauffällig zu, kommt wieder hierher, und dann kriegt ihr euer Geld. Paßt aber auf, wenn ihr mir zunickt. Niemand da drin darf auf den Gedanken kommen, daß ihr mich kennt.«

Das kam ihnen wohl reichlich sonderbar vor, aber da waren für jeden die fünf Dollar in Aussicht, und da waren die Spiele im Casino, wo man sich für fünf Dollar vielleicht eine Glückssträhne kaufen konnte, die – na, schreibt euch den Rest davon selber. Sie stellten Fragen, die ich mich weigerte zu beantworten, aber sie blieben bei der Stange.

Als ich das Lokal betrat, war Gänsehals hinter der Bar und half den Barmännern. Sie brauchten Hilfe. Der Laden war knallvoll.

Gormans Sommersprossengesicht konnte ich nicht finden in dem Gewühl, aber ich entdeckte das scharfgeschnittene weiße

Gesicht von Hooper. Er also war der Detektiv, den man mir auf mein zweites Telegramm hin aus Los Angeles geschickt hatte. Püppi war weiter unten an der Bar und trank mit einem kleinen Mann, dessen sanftmütiges Gesicht den Teufel-komm-raus-Ausdruck des mustergültigen Ehemanns angenommen hatte, der sich mal eine kleine Zecherei erlaubt. Sie nickte mir zu, ließ ihren Kunden aber nicht aus der Mache.

Gänsehals sah mich und die Flasche Bier, die ich bestellt hatte, finster an. Kurz darauf kam mein angeheuertes Quartett herein. Sie spielten ihre Rollen großartig!

Als erstes spähten sie mit zusammengekniffenen Augen durch den Rauch, von einem Gesicht ins andere blickend, hastig die Augen abwendend, wenn jemand sie ansah. Nachdem das eine Weile gutgegangen war, entdeckte einer von ihnen, der Filipino, den von mir beschriebenen Mann hinter der Bar. Vor Begeisterung darüber sprang er einen Fuß hoch und dann, als er merkte, daß Gänsehals ihn grimmig anfunkelte, kehrte er ihm den Rücken zu und trat von einem Fuß auf den andern. Auch die drei anderen orteten Gänsehals jetzt und schossen heimliche Blicke zu ihm hin, die so schreiend unauffällig waren wie ein angeklebter Backenbart. Gänsehals stierte sie bedrohlich an.

Der Filipino drehte sich um, guckte mich an, duckte ruckartig den Kopf und schoß hinaus auf die Straße. Die drei übrigen stürzten ihre Drinks hinunter und suchten meinen Blick. Ich las derweil ein Schild oben an der Wand hinter der Bar:

> HIER WERDEN NUR ECHTE AMERIKANISCHE UND BRITISCHE VORKRIEGS-WHISKYS AUSGESCHENKT

Ich versuchte zu zählen, wieviel *Lügen* sich in diesen neun Worten verbargen, und war bis auf vier gekommen – mit Aussicht auf noch mehr –, als einer meiner Verbündeten, der Grieche, sich mit dem Fehlzündungsgeräusch eines Verbrennungsmotors räusperte. Gänsehals schob sich an der Bar entlang, in der einen Hand einen Spundschlegel, das Gesicht puterrot.

Ich sah meine Gehilfen an. Ihr Nicken wäre nicht so schlimm gewesen, wenn eines nach dem andern gekommen wäre; aber sie wollten es nicht riskieren, daß ich vielleicht wegsähe, bevor ihr Signal bei mir angekommen wäre, und so gingen die drei Köpfe synchron auf und ab – ein Zeichen, das im Umkreis von zehn Metern niemand übersehen konnte und auch niemand übersah –, und dann stürzten sie zur Tür hinaus, nur weg von dem Mann mit dem langen Hals und dem Spundschlegel.

Ich leerte mein Glas Bier und schlenderte aus dem Saloon und um die Ecke. Vereint standen sie an der Stelle, wo sie warten sollten.

»Den erkennen wir wieder! Den erkennen wir wieder!« kam es im Chor.

»Das ist ja prima«, lobte ich sie. »Das habt ihr großartig gemacht. Ich glaube, jeder von euch ist der geborene Privatdetektiv. Hier ist euer Geld. Aber an eurer Stelle würd ich nach dem jetzt den Laden erst mal 'ne Weile meiden. Er könnte sonst nämlich Verdacht schöpfen, obgleich ihr euch so hervorragend unauffällig gemacht habt – wirklich, das konnte sich sehn lassen! – aber's hat keinen Zweck, irgendwas zu riskieren.«

Sie krallten sich ihren Lohn und waren weg, bevor ich mit meiner Rede am Ende war.

Kurz vor zwei am nächsten Morgen kam Hooper in mein Zimmer in San Diego.

»Gleich nach Ihrem ersten Besuch ist Gänsehals verschwunden; Gorman hinter ihm her«, sagte er. »Danach ist das Mädchen zu einem Luftziegelhaus am Stadtrand gegangen, und da waren sie noch drin, als ich Schluß gemacht habe. Das Haus war dunkel.«

Gorman tauchte nicht auf.

Um zehn Uhr vormittags weckte mich ein Hotel-Boy mit einem Telegramm. Es kam aus Mexicali:

Letzte Nacht hierhergefahren
Bei Freunden versteckt
Hat zwei Kabel aufgegeben.

Gorman

Das war eine gute Nachricht. Der Langhals war auf mein Spiel hereingefallen, hatte meine vier bankrotten Spieler für vier Zeugen gehalten, hatte sich durch ihr Nicken identifiziert gefühlt. Gänsehals war der Knabe, der die Morde begangen hatte, und Gänsehals war auf der Flucht.

Ich war aus dem Schlafanzug gestiegen und griff nach meinem Kombinationsanzug, als der Boy mit einem weiteren Telegramm hereinkam. Dieses kam von O'Gar, über die Agentur:

Ashcraft gestern verschwunden

Ich benutzte das Telefon, um Hooper aus dem Bett zu holen.

»Fahren Sie runter nach Tijuana«, sagte ich zu ihm. »Beobachten Sie das Haus, in dem das Mädchen letzte Nacht gewesen ist, es sei denn, Sie entdeckten sie schon im Goldenen Hufeisen. Bleiben Sie jedenfalls da, bis sie irgendwo auftaucht. Bleiben Sie an ihr, bis sie mit einem großen blonden Engländer Kontakt aufnimmt, dann halten Sie sich an den. Er ist unter vierzig, groß, mit blauen Augen, Haare gelb. Lassen Sie sich nicht abschütteln von ihm – er ist auf dieser Party jetzt der Big Boy. Ich komm auch runter. Wenn der Engländer und ich zusammenbleiben und das Mädchen uns verläßt, heften Sie sich an sie, andernfalls behalten sie ihn im Auge.«

Ich zog mich an, verdrückte ein kleines Frühstück und nahm einen Bus in die mexikanische Stadt. Der Bursche, der den Bus fuhr, brauste ganz schön dahin, aber als uns in der Nähe von Palm City ein offener rotbrauner Sportzweisitzer überholte, hatte ich das Gefühl, auf der Stelle stehenzubleiben. Ashcraft steuerte den Zweisitzer.

Als ich das Luftziegelhaus wiedersah, stand der Zweisitzer

davor, leer. Einen Block weiter spielte Hooper einen Betrunkenen. Er sprach mit zwei Indios, die die Uniform der Mexikanischen Armee trugen.

Ich klopfte an die Tür des Luftziegelhauses.

Püppis Stimme: »Wer's da?«

»Ich – Parker. Hörte grade, daß Ed zurück ist.«

»Oh!« rief sie aus. Eine Pause. »Komm rein.«

Ich drückte die Tür auf und ging hinein. Der Engländer saß zurückgelehnt in einem Stuhl, den rechten Ellbogen auf dem Tisch, die rechte Hand in seiner Jackentasche – wenn er eine Kanone in dieser Tasche hatte, so war sie auf mich gerichtet.

»Hallo«, sagte er. »Ich höre, du hast Vermutungen über mich angestellt?«

»Nenn's, wie du willst.« Ich schob einen Stuhl dicht an ihn heran und setzte mich. »Aber wir wollen uns nicht gegenseitig auf'n Arm nehmen. Du hast deine Frau durch Gänsehals um die Ecke bringen lassen, um dir unter den Nagel zu reißen, was sie hatte. Dein Fehler war nur, daß du dir dafür so einen Schwachkopf ausgesucht hast – einen Schwachkopf, der erst 'ne Killerorgie veranstaltet und dann die Nerven verliert. Der erst anfängt zu kapieren, wenn drei oder vier Zeugen mit dem Finger auf ihn zeigen! Und der dann nicht weiter türmt als bis Mexicali! Da hat er sich wirklich 'n schönes Nest ausgesucht! Wahrscheinlich hat er so die Hose voll gehabt, daß ihm die Fünf- oder Sechsstundenfahrt über die Berge vorgekommen ist wie 'ne Reise ans Ende der Welt!«

Ich ratterte weiter.

»Du bist kein Schwachkopf, Ed, und ich auch nicht. Ich möchte mit dir in den Norden fahren, schön mit Armbändern an, aber ich hab keine Eile. Wenn ich dich heute nicht mitnehmen kann, wart ich gerne bis morgen. Am Ende krieg ich dich doch, es sei denn, irgendwer kommt mir zuvor – und das wird mir nicht das Herz brechen. Zwischen meiner Jacke und meinem Bauch steckt'n Ballermann. Wenn du Püppi sagst, sie soll den rausholen, wären wir soweit, daß wir uns mal in Ruhe unterhalten können.«

Er nickte langsam, ohne mich aus den Augen zu lassen. Das Mädchen trat hinter mich. Eine ihrer Hände ging über meine Schulter, schob sich in meine Jacke, und meine alte schwarze Kanone verließ mich. Bevor das Mädchen hinter mir zurückging, setzte sie mir kurz die Spitze ihres Messers in den Nacken – eine zarte Mahnung.

»Gut«, sagte ich, als sie dem Engländer meine Kanone gab, der sie mit der linken Hand einsteckte. »Hier also mein Vorschlag. Du fährst mit Püppi und mir über die Grenze – dann brauchen wir uns nicht mit Auslieferungspapieren rumzuschlagen –, und ich laß euch einsperren. Unsern Kampf können wir vor Gericht ausfechten. Ich bin mir nicht ganz sicher, ob ich einem von euch die Morde anhängen kann, jedenfalls seid ihr frei, wenn ich's nicht schaffe. Wenn ich's allerdings schaffe – was ich hoffe –, baumelt ihr natürlich. Türmen ist doch sinnlos, oder? Wollt ihr den Rest eures Lebens vor den Bullen weglaufen! Bloß um am Ende doch geschnappt zu werden – oder bei einem Fluchtversuch abgeknallt zu werden? Deinen Hals kannst du vielleicht retten, Ed, aber was ist mit dem Geld, das deine Frau hinterlassen hat? Darum geht's dir doch – deswegen hast du doch deine Frau umbringen lassen. Stell dich dem Gericht, und du hast 'ne Chance, da dranzukommen. Rennst du weg, ist es futsch.«

Mein Spiel in dem Augenblick bestand darin, Ed und sein Mädchen zum Türmen zu bewegen. Wenn sie mir erlaubten, sie festzusetzen, würde ich vielleicht einen von beiden verknacken lassen können, aber allzu groß waren meine Chancen da nicht. Es hing davon ab, wie die Dinge sich später entwickeln würden. Es hing davon ab, ob ich beweisen konnte, daß Gänsehals in der Nacht der Morde in San Francisco gewesen war, und mir war klar, daß er bestimmt alles mögliche auffahren würde, was das Gegenteil bewiese. Wir hatten keinen einzigen Fingerabdruck des Mörders in Mrs. Ashcrafts Haus finden können. Und wenn es mir *gelänge*, die Geschworenen davon zu überzeugen, daß er zu der Zeit in San Francisco gewesen war, würde ich immer noch zu beweisen haben, daß er die Morde tatsächlich begangen hatte. Das schwerste Stück Arbeit läge dann aber erst noch vor mir – nämlich zu beweisen, daß er die Morde für einen von diesen beiden begangen hatte und nicht auf eigene Rechnung.

Ich hatte es also darauf angelegt, daß dieses Pärchen verduftete. Wohin sie fuhren oder was sie machten, war mir egal, Hauptsache, sie verdünnisierten sich erst einmal. Mit Glück und Köpfchen würde ich auch aus ihrer Flucht noch etwas herausholen – ich versuchte immer noch, die Dinge aufzurühren. Der Engländer überlegte angestrengt. Ich wußte, daß ich ihm Kummer gemacht hatte, besonders durch das, was ich über Gänsehals Flinn gesagt hatte. Dann kicherte er.

»Du hast zwar 'ne weiche Birne, Schmerztöter«, sagte er, »aber du...«

Ich weiß nicht, was er noch sagen wollte – ob ich gewonnen oder verloren hätte.

Krachend flog die Haustür auf, und Gänsehals Flinn kam ins Zimmer.

Seine Sachen waren weiß von Staub. Den Kopf hielt er vorgestreckt, mit der ganzen Länge seines langen gelben Halses.

Seine Schuhknopfaugen hefteten sich auf mich. Seine Hände drehten sich um. Das war alles, was man sehen konnte. Sie drehten sich einfach um – und jede hielt einen schweren Revolver.

»Pfoten auf den Tisch, Ed«, knurrte er.

Wenn Ed eine Kanone in der Tasche hatte, so konnte er jetzt auf den Mann in der Tür nicht schießen, weil eine Tischkante dazwischen war. Er nahm die Hand aus der Tasche, leer, und legte beide Handflächen auf die Tischplatte.

»Bleib, wo du bist!« bellte Gänsehals das Mädchen an.

Gänsehals starrte fast eine volle Minute drohend auf mich.

Als er sprach, sprach er zu Ed und Püppi.

»Deswegen hast du mir also telegrafiert, ich soll zurückkommen, ha? 'ne Falle! Ich dein Sündenbock, was? Ich werd'n dir zeigen, den Sündenbock! Ich rede jetz, un dann verschwind ich hier, und wenn ich mich durch die ganze verdammte Mex-Armee durchballern muß! Ja, ich hab sie umgebracht, deine Frau – und ihre Dienstleute auch. Hab sie umgebracht für die tausend Eier ...«

Das Mädchen machte einen Schritt vor und schrie:

»Halt's Maul, du Arsch!«

»Halt selber's Maul!« brüllte Gänsehals zurück, und sein Daumen spannte den Hahn des Revolvers, der auf sich gerichtet war. »*Ich* rede hier. Ich hab sie umgebracht für ...«

Püppi bückte sich. Ihre linke Hand ging unter den Saum ihres Rocks. Die Hand kam hoch – leer. Das Mündungsfeuer aus der Kanone von Gänsehals blitzte auf einer fliegenden Stahlklinge.

Das Mädchen wirbelte rückwärts durchs Zimmer – zurückgehämmert von den Kugeln, die ihr in die Brust drangen. Sie schlug mit dem Rücken gegen die Wand. Sie kippte vornüber auf den Fußboden.

Gänsehals hörte auf zu schießen und versuchte zu sprechen. Der braune Griff vom Messer des Mädchens ragte aus seinem gelben Hals. Er konnte seine Worte nicht an der Klinge vorbeibringen. Er ließ einen Revolver fallen und versuchte, den herausragenden Messergriff zu fassen. Seine Hand kam bis zur Hälfte hoch und fiel dann herab. Langsam ging er zu Boden – auf die Knie – auf die Hände – kippte um – und lag still.

Ich sprang zu dem Engländer hin. Unter meinem Fuß drehte sich der Revolver, den Gänsehals fallengelassen hatte, so daß ich zur Seite wegrutschte. Meine Hand wischte über die Jacke des Engländers, aber mit einer Körperdrehung wich er mir aus und zog seine Kanonen.

Seine Augen waren hart und kalt, und seine Lippen waren aufeinandergepreßt, so daß kaum noch ein Schlitz zu sehen war. Langsam ging er rückwärts, während ich still liegen blieb, wo ich hingestürzt war. Er hielt keine Rede. Ein kurzes Zögern an der Tür. Die Tür flog auf und knallte zu. Weg war er.

Ich schnappte mir den Revolver, der mich umgeworfen hatte, sprang an die Seite von Gänsehals, riß ihm den andern Revolver aus der toten Hand und stürzte hinaus auf die Straße. Der rotbraune Zweisitzer zog in der Wüste eine Staubwolke hinter sich her. Zehn Meter weiter stand eine staubbedeckte schwarze Limousine, wahrscheinlich der Wagen, mit dem Gänsehals von Mexicali hergekommen war.

Ich rannte hin, sprang hinein, kriegte Leben in ihn und machte mich an die Verfolgung der Staubwolke.

Zu meiner Überraschung entdeckte ich, daß der Wagen, in dem ich saß, trotz seines stark mitgenommenen Äußeren eine hervorragende Maschine hatte – der Motor war so gut, daß ich nicht daran zweifelte, das Auto eines Grenzflüchtigen zu fahren. Ich hätschelte es vorwärts, ohne es zu fordern. Etwa eine halbe Stunde lang, vielleicht auch mehr, verringerte sich der Abstand zwischen mir und der Staubwolke vor mir nicht, dann merkte ich, daß ich aufholte.

Das Vorankommen wurde komplizierter. Jeder Weg, den wir anfangs vielleicht benutzt hatten, hatte sich im Gelände verlaufen. Ich drehte ein bißchen auf, obwohl mir das böse Stiche versetzte.

Ich wich einem Felsbrocken aus, der mich erledigt hätte – konnte gerade noch das Steuer herumreißen –, und als ich wieder weiter nach vorn blickte, sah ich, daß der rotbraune Zweisitzer keinen Dreck mehr aufwirbelte. Er war zum Stehen gekommen.

Der Zweisitzer war leer. Ich fuhr weiter.

Hinter dem Zweisitzer hervor peitschten Pistolenschüsse, drei. Man mußte schon verdammt gut schießen können, wenn man mich auf die Entfernung löchern wollte. Ich hopste auf meinem Sitz herum wie ein Quecksilberkügelchen auf einem nervösen Handteller.

Er feuerte noch einmal aus der Deckung seines Wagens und flitzte dann los zu einem schmalen ausgetrockneten Wasserlauf – einer scharfkantigen, drei Meter breiten Erdspalte – linker Hand. Oben an der Kante fuhr er noch einmal herum, verschwendete eine weitere Patrone auf mich und sprang dann aus meinem Sichtbereich.

Ich wirbelte das Rad in meinen Händen herum, latschte auf die Bremse und rutschte mit der schwarzen Limousine zu der Stelle, wo ich ihn zuletzt gesehen hatte.

Die obere Uferkante des trockenen Wasserlaufs bröckelte unter meinen Vorderrädern weg. Ich nahm den Fuß vom Bremspedal. Torkelte hinaus.

Der Wagen rutschte in die Rinne hinunter, ihm nach.

Flach auf dem Bauch, in jeder Hand eine der Kanonen von Gänsehals, schob ich vorsichtig den Kopf über den Rand. Auf allen Vieren krabbelte der Engländer dem Wagen aus dem Weg. Der Wagen war in Fetzen, kotzte aber immer noch. Eine Faust des Mannes war um eine Pistole geschlossen – um meine.

»Wirf sie weg und steh auf, Ed!« schrie ich.

Schnell wie eine Schlange warf er sich herum in eine sitzende Position im Bett der Rinne, schwenkte die Pistole hoch, und voll traf ich seinen Unterarm mit meinem zweiten Schuß.

Er hielt sich den verletzten Arm mit der linken Hand, als ich neben ihn gerutscht kam, die Pistole aufhob, die er fallengelassen hatte, und ihn filzte, um festzustellen, ob er noch mehr hatte. Dann drehte ich ein Taschentuch zu einer Art Abbindknebel zusammen und knotete es ihm um den verletzten Arm.

»Gehn wir nach oben und reden wir«, schlug ich vor und half ihm den steilen Hang der Rinne hinauf.

Wir stiegen in seinen Zweisitzer.

»Nun los, quatsch mich voll«, lud er mich ein, »aber glaub nur nicht, daß ich viel zur Unterhaltung beitragen werde. Du hast nichts in der Hand gegen mich. Du hast selber gesehn, wie Püppi Gänsehals kaltgemacht hat, damit er sie nicht verpfeift.«

»Also *so* hast du dir das gedacht?« fragte ich. »Das Mädchen hat Gänsehals angeheuert, damit er deine Frau umbringt – aus Eifersucht –, nachdem sie erfahren hatte, daß du sie abschieben und in deine eigenen Kreise zurückkehren wolltest?«

»Genau.«

»Nicht schlecht, Ed, aber das Garn hat 'ne dünne Stelle. Du bist gar nicht Ashcraft!«

Er fuhr auf; dann lachte er.

»Jetzt geht deine Begeisterung mit dir durch«, veralberte er mich. »Hätte ich die Frau eines andern betrügen können? Denkst du etwa, ich hätte mich nicht vor Richmond, ihrem Anwalt, ausweisen müssen?«

»Hör zu, Ed, du kannst mir glauben, daß ich'n bißchen schlauer bin als die beiden. Sagen wir mal, du hattest eine Menge Material, das Ashcraft gehört hat – Papiere, Briefe, Unterlagen in seiner Handschrift. Wenn du außerdem noch 'ne geschickte Hand beim Schreiben hast, wär's dir doch nicht schwergefallen, seine Frau an der Nase rumzuführen, oder? Und was den Anwalt angeht – deine Legitimation bei ihm –, so war das nur 'ne Formsache. Er ist nie auf den Gedanken gekommen, daß du *nicht* Ashcraft sein könntest. Anfangs bestand dein Spiel darin, Mrs. Ashcraft auszunehmen – die Entziehungskur. Als sie in England aber ihre Zelte abbrach und hier rüberkam, hast du beschlossen, sie um die Ecke zu bringen und dir alles zu nehmen. Du wußtest, daß sie eine Waise war und keine nahen Verwandten hatte, die dazwischenfunken würden. Du wußtest, daß es in Amerika wohl kaum viele Leute gibt, die behaupten könnten, du seist nicht Ashcraft.«

»Und was meinst du, wo Ashcraft gesteckt hätte in der ganzen Zeit, in der ich sein Geld verbrate?«

»Der ist ja tot«, sagte ich.

Das traf ihn, obwohl er nicht zu zappeln anfing. Aber hinter seinem Lächeln wurden seine Augen nachdenklich.

»Du könntest natürlich recht haben«, sagte er gedehnt. »Aber selbst wenn – ich sehe immer noch nicht, wie du mich an den Galgen bringen willst. Kannst du beweisen, daß Püppi mich nicht für Ashcraft gehalten hat? Kannst du beweisen, daß sie wußte, warum Mrs. Ashcraft mir Geld geschickt hat? Kannst du beweisen, daß sie irgendwas von meinem Spiel wußte? Ich glaube doch wohl nicht.«

»Vielleicht kommst du damit durch«, gab ich zu. »Geschworene sind manchmal komisch, und es macht mir nichts aus, dir zu sagen, daß mir wohler wäre, wenn ich ein paar Dinge über diese Morde wüßte, die ich nicht weiß. Macht's dir was aus, mir mal'n paar Einzelheiten darüber zu erzählen, wie du in Ashcrafts Haut geschlüpft bist?«

Er stülpte die Lippen vor und zuckte dann mit den Schultern. »Na schön, von mir aus. Spielt ja keine große Rolle. Für meine Maskerade komm ich sowieso dran, und da macht's auch nichts mehr aus, wenn ich noch'n paar Diebereien zugeben kann.«

Nach einer Pause fuhr der Engländer fort:

»Ich war auf Hoteldieb spezialisiert. In die Staaten bin ich gekommen, als England und der Kontinent ungemütlich wurden. Eines Abends bin ich in einem Hotel in Seattle also wieder mit dem Dietrich zugange und schleiche mich in ein Zimmer im vierten Stock. Kaum mach ich hinter mir die Tür zu, klappert ein anderer Schlüssel im Schloß. Das Zimmer war stockdunkel. Ich riskierte einen Strahl aus meiner Taschenlampe, suchte mir eine Schranktür und kroch da rein. Der Kleiderschrank war leer. Das war mein Glück – der Zimmerbewohner würde nämlich nicht kommen, um sich da irgendwas rauszuholen. Inzwischen hatte er – es war ein Mann – Licht gemacht. Er fing an, auf und ab zu rennen. Drei geschlagene Stunden ist er auf und ab gerannt – auf und ab, auf und ab –, und ich steh die ganze Zeit in dem Schrank und halte die Kanone in der Hand, für den Fall, daß er die Tür aufmacht. Drei volle Stunden ist der Kerl da auf und ab gerannt. Dann hat er sich hingesetzt, und ich hörte eine Schreibfeder über Papier kratzen. Das ging zehn Minuten so, und dann fing er wieder mit seinem Rumrennen an; aber diesmal hat er's nur'n paar Minuten durchgehalten. Ich hörte zwei Kofferverschlüsse schnappen. Und einen Schuß! Ich sprang raus aus meinem Versteck. Er lag auf dem Fußboden und hatte ein Loch im Kopf, an der Seite. Jetzt saß ich ganz schön fest, war ja klar! Im Korridor waren schon aufgeregte Stimmen zu hören. Ich geh hin zu dem toten Kameraden und finde den Brief, den er geschrieben hat, auf dem Schreibtisch. Er war an Mrs. Norman Ashcraft adressiert – irgendeine Nummer in der Wine Street in Bristol,

England. Ich riß ihn auf. Er hatte ihr mitgeteilt, daß er sich umbringen würde, und unterschrieben war der Brief mit Norman. Da war mir wohler. Einen Mord konnte man also daraus nicht machen. Trotzdem, ich war da in diesem Zimmer mit 'ner Taschenlampe, Dietrichen und 'ner Kanone – ganz zu schweigen von 'ner Handvoll Schmuck, den ich eine Etage höher mitgehn ließ. Da klopfte jemand an die Tür.

›Holen Sie die Polizei!‹ rief ich durch die Tür, um Zeit zu gewinnen.

Dann drehte ich mich um zu dem Mann, wegen dem ich diesen ganzen Schlamassel am Hals hatte. Ich wußte sofort, daß er'n Landsmann von mir war, selbst wenn ich die Adresse auf seinem Brief nicht gesehn hätte. Von unserm Schlag gibt's Tausende – blond, ziemlich groß, ganz gut gebaut. Ich nutzte die einzige Chance, die ich hatte. Sein Hut und Mantel lagen auf einem Stuhl, wo er sie hingeworfen hatte. Ich zog das an und ließ meinen Hut neben ihn fallen. Dann kniete ich mich hin, leerte seine Taschen und meine, steckte ihm mein ganzes Zeug rein und stopfte mich mit seinen Sachen voll. Schließlich vertauschte ich die Kanonen und machte die Tür auf.

Was ich mir überlegt hatte, war, daß die ersten, die ankommen würden, ihn vom Sehen vielleicht nicht kannten; oder nicht gut genug, um ihn sofort wiederzuerkennen. Das würde mir ein paar Sekunden verschaffen, in denen ich mein Verschwinden arrangieren könnte. Aber als ich die Tür aufmachte, merkte ich, daß mein Plan nicht funktionieren würde. Der Hausdetektiv stand da und ein Polizist, und ich wußte, daß ich in'n Arsch gekniffen war. Aber ich spielte meine Karten aus. Ich erzählte ihnen, ich wär hochgekommen in mein Zimmer und hätte diesen Kerl da erwischt, wie er meine Sachen durchwühlt hätte. Ich hätte ihn mir gepackt, und in dem Handgemenge sei der Schuß losgegangen.

Minuten vergingen wie Stunden, und niemand zeigte mich an. Die Leute sagten Mister Ashcraft zu mir. Meine Maskerade war ein Erfolg. Mir blieb fast die Luft weg, aber als ich mehr über

Ashcraft erfahren hatte, war das gar nicht mehr so erstaunlich. Er war erst an dem Nachmittag in dem Hotel abgestiegen, und niemand hatte ihn anders gesehen als in Hut und Mantel – in dem Hut und Mantel, den ich trug. Wir hatten dieselbe Größe, waren derselbe Typ – typische blonde Engländer.

Dann kam die nächste Überraschung. Als der Detektiv die Kleidung des Toten untersuchte, stellte er fest, daß die Herstellerschildchen rausgetrennt waren. Als ich einen Blick in sein Tagebuch warf, später, fand ich die Erklärung dafür. Er hatte im Geist Münzewerfen mit sich gespielt, wobei er abwechselte zwischen dem Entschluß, sich umzubringen oder seinen Namen zu ändern und sich in der Welt einen neuen Platz zu erobern. Die Herstellerschildchen aus sämtlichen Kleidungsstücken hatte er entfernt, als er den zweiten Plan in Erwägung zog. Aber das wußte ich natürlich noch nicht, als ich da zwischen diesen Leuten stand. Ich wußte nur, daß es noch Wunder gab. In dem Augenblick mußte ich aber erst mal leise auftreten. Doch als ich die Sachen des Toten durchgesehn hatte, kannte ich ihn in- und auswendig, vor und zurück. Er hatte fast'n Kubikmeter Papiere und ein Tagebuch, in dem alles stand, was er je getan und gedacht hatte. Ich verbrachte die erste Nacht damit, diese Sachen zu studieren, sie mir einzupauken. Und seine Unterschrift hab ich geübt. Unter den andern Dingen, die ich ihm aus der Tasche gezogen hatte, waren fünfzehnhundert Dollar in Reiseschecks gewesen, die ich am nächsten Morgen einlösen wollte.

Drei Tage bin ich in Seattle geblieben – als Norman Ashcraft. Ich war über einen Schatz gestolpert und hatte nicht vor, ihn wegzuwerfen. Wenn irgendwas schiefginge, würde der Brief an seine Frau mich vor einer Mordanklage bewahren, und ich wußte, es wäre sicherer, die Sache durchzustehn, als wegzulaufen. Als der Wirbel sich gelegt hatte, packte ich meine Sachen und kam runter nach San Francisco, wo ich meinen eigenen Namen wieder annahm – Ed Bohannon. Aber die ganzen Sachen von Ashcraft nahm ich mit, denn ich hatte den Papieren entnommen, daß seine Frau Geld hatte, und ich wußte, daß ich mir was davon an Land ziehn konnte, wenn ich meine Karten richtig ausspielen würde. Sie nahm mir die Mühe ab. Ich kriegte eine von ihren Annoncen im *Examiner* zu Gesicht, antwortete darauf und – na, das wär's dann.«

»Aber Mrs. Ashcraft hast du nicht umbringen lassen?«

Er schüttelte den Kopf.

Ich holte ein Päckchen Zigaretten aus der Tasche und legte zwei davon zwischen uns auf den Sitz.

»Sagen wir mal, das wäre ein Spiel. Das ist jetzt bloß zu meiner eigenen Beruhigung. Es wird niemanden mit irgendwas belasten – wird nichts beweisen. Wenn du eine bestimmte Sache getan hast, nimm die Zigarette, die mir näher liegt. Wenn du's nicht getan hast, nimm die, die dir näher liegt. Spielst du mit?«

»Nein, das tu ich nicht!« sagte er mit Nachdruck. »Dein Spiel gefällt mir nicht. Aber 'ne Zigarette möcht ich trotzdem.«

Mit seinem unverletzten Arm nahm er die Zigarette, die *mir* näher lag.

»Danke, Ed«, sagte ich. »Es fällt mir schwer, aber ich muß dir sagen, daß ich dich an den Galgen bringen werde.«

»Du hast ja 'ne weiche Birne, mein Sohn.«

»Du denkst an die Sache in San Francisco, Ed«, erklärte ich ihm. »Ich rede aber von Seattle. Du, ein Hoteldieb, wurdest in einem Zimmer entdeckt, in dem gerade ein Mann mit einer Kugel im Kopf gestorben war. Was glaubst du, werden die Geschworenen dazu sagen, Ed?«

Er lachte mich aus. Und dann verunglückte das Lachen. Es verebbte zu einem süßlichen Lächeln.

»Du hast es getan, Ed, ganz klar«, sagte ich. »Als du anfingst, dir zu überlegen, Mrs. Ashcrafts gesamtes Vermögen dadurch erben zu können, daß du sie umbringen läßt, war das erste, was du getan hast, diesen Selbstmordbrief ihres Mannes zu vernichten. So sorgfältig du ihn auch gehütet hättest, es hätte immer die Gefahr bestanden, daß irgendwer ihn zufällig gefunden hätte und dir einen Strich durch die Rechnung gemacht hätte. Er hatte seinen Zweck erfüllt – du brauchtest ihn nicht mehr. Es wäre dumm gewesen, das Risiko einzugehn, daß er irgendwo mal wieder auftaucht.

Für die Morde in San Francisco, die du eingefädelt hast, kann ich dir keinen Strick drehn; aber ich werde dir was verpassen mit dem Mord in Seattle, der nicht auf dein Konto geht – damit die Gerechtigkeit nicht zu kurz kommt. Du kommst mit mir nach Seattle, Ed, und da wirst du hängen für Ashcrafts Selbstmord.«

Und das tat er dann auch.

Das Haus in der Turk Street

Man hatte mir gesagt, daß der Mann, hinter dem ich her war, in einem bestimmten Abschnitt der Turk Street wohne, die Hausnummer hatte mein Informant mir allerdings nicht angeben können. So kam es, daß ich an einem späten regnerischen Nachmittag diesen bestimmten Abschnitt durchprüfte, indem ich auf jede Klingel drückte und meinen Vers aufsagte, der so ging:

»Ich komme vom Anwaltsbüro Wellington & Berkeley. Einer unserer Mandanten – eine ältere Dame – wurde vergangene Woche von der hinteren Plattform einer Straßenbahn gestoßen und schwer verletzt. Unter den Zeugen des Vorfalls war ein junger Mann, dessen Namen wir nicht kennen. Aber man hat uns gesagt, daß er in der Gegend hier wohnt.« Dann beschrieb ich den von mir Gesuchten und kam zum Schluß: »Kennen Sie irgendwen, der so aussieht?«

Überall auf der einen Seite des Blocks waren die Antworten: »Nein«, »Nein«, »Nein.«

Ich überquerte die Straße und begann mit der anderen Seite. Das erste Haus: »Nein.« Das zweite: »Nein.« Das dritte. Das vierte. Das fünfte...

Auf mein erstes Klingeln rührte sich nichts. Nach einer Weile klingelte ich noch einmal. Ich sagte mir gerade, daß wohl niemand zu Hause sei, als sich langsam der Türgriff drehte und eine kleine alte Frau mir aufmachte. Es war eine sehr zierliche kleine alte Frau mit einem Stück grauem Strickzeug in der Hand und mit schwachgewordenen Augen, die mich hinter einer Goldrandbrille freundlich anblinzelten. Über einem schwarzen Kleid trug sie eine bretthart gestärkte Schürze.

»Guten Abend«, sagte sie liebenswürdig mit dünnem Stimmchen. »Hoffentlich fiel es Ihnen nicht so schwer zu warten. Ich muß immer erst durchs Guckloch gucken, bevor ich aufmache – die Ängstlichkeit einer alten Frau.«

»Es tut mir leid, daß ich Sie störe«, entschuldigte ich mich, »aber ...«

»Wollen Sie nicht hereinkommen, bitte?«

»Nein – nur eine kleine Auskunft; es dauert nicht lange.«

»Ich finde, Sie sollten doch lieber hereinkommen«, sagte sie und fügte dann mit gespielter Strenge hinzu: »Bestimmt wird mein Tee schon kalt.«

Sie nahm mir den feuchten Hut und Mantel ab, und ich folgte ihr durch einen schmalen Flur zu einem düsteren Zimmer, in dem ein Mann sich erhob, als wir eintraten. Auch er war alt, aber beleibt, und hatte einen schütteren weißen Bart, der über eine weiße Weste fiel, die ebenso hart gestärkt war wie die Schürze der Frau.

»Thomas«, sagte die kleine zierliche Frau zu ihm, »dies ist Mr. –«

»Tracy«, sagte ich, denn das war der Name, mit dem ich mich bei den anderen Bewohnern des Straßenabschnitts vorgestellt hatte; doch als ich ihn nannte, wurde ich fast so rot wie schon fünfzehn Jahre nicht mehr. Diese Leutchen belog man einfach nicht.

Sie selber hießen Quarre, wie ich sogleich erfuhr; und sie waren ein verliebtes altes Pärchen. Jedesmal, wenn sie ihn ansprach, sagte sie »Thomas«, den Namen im Mund herumwälzend, als liebte sie dessen Geschmack. »Mein Lieber« sagte sie ebenso oft zu ihm, und er stand zweimal auf, um ihrem gebrechlichen Rücken ein Kissen bequemer zurechtzuschieben.

Ich mußte eine Tasse Tee mit ihnen trinken und ein paar würzige kleine Kekse essen, bevor ich auch nur eine Frage bei ihnen anbringen konnte. Dann, während ich von der alten Dame erzählte, die aus einer Straßenbahn gestoßen worden war, machte Mrs. Quarre kleine mitfühlende Klickgeräusche mit der Zunge und den Zähnen, derweil der alte Herr in seinen Bart brummte, daß es »eine Schande« sei, und mir eine dicke Zigarre reichte.

Endlich konnte ich von dem Vorfall zu der Beschreibung des Mannes übergehen, den ich suchte.

»Thomas«, sagte Mrs. Quarre, »ist das nicht der junge Mann, der in dem Haus mit dem Geländer wohnt und immer so bekümmert dreinschaut?«

Der alte Mann strich sich den schneeweißen Bart und grübelte ein Weilchen.

»Aber, meine Liebe«, brummte er endlich, »hat der nicht dunkles Haar?«

Strahlend blickte sie auf ihren Mann. »Thomas ist ein *so* genauer Beobachter«, sagte sie stolz. »Ich vergaß. Ja, der junge Mann, von dem ich sprach, hat tatsächlich dunkles Haar, also kann er nicht derjenige sein.«

Der alte Herr meinte dann, daß einer, der in dem Block nebenan wohne – die Straße weiter hinunter –, mein Mann sein könne. Ausführlich diskutierten sie das, um dann zu dem Schluß zu gelangen, daß der zu groß und zu alt sei. Mrs. Quarre zog einen weiteren in Erwägung. Er wurde diskutiert und einstimmig abgelehnt. Thomas brachte den nächsten Kandidaten in Vorschlag. Er wurde gewogen und für zu leicht befunden. Und so schwatzten sie und schwatzten sie.

Langsam wurde es dunkel. Der alte Herr machte eine Stehlampe an, die einen milden gelben Lichtkreis auf uns warf und das übrige Zimmer im Dämmer ließ. Es war ein großes Zimmer, das durch schwere Vorhänge, dicke Tapeten und gut dreißig Jahre alte massive und roßhaargepolsterte Möbel etwas Lastendes hatte – aber es war gemütlich, und die Zigarre war gut. Ich ließ mir Zeit damit – der Nieselregen draußen lief mir nicht weg.

Ich fühlte etwas Kaltes im Nacken.

»Aufstehn!«

Ich stand nicht auf – ich konnte nicht. Ich war wie gelähmt. Ich saß da und blinzelte die Quarres an.

Und wie ich sie so ansah, wußte ich, daß ich nichts Kaltes im Nacken haben *konnte*. Es *konnte* mir keine barsche Stimme befohlen haben aufzustehen. Das war nicht möglich!

Mrs. Quarre saß immer noch gerade und korrekt vor den Kissen, die ihr Mann für ihren Rücken zurechtgeschoben hatte. Ihre Augen zwinkerten immer noch vor Freundlichkeit hinter ihrer Brille. Der alte Herr strich sich immer noch den weißen Bart und ließ den Zigarrenrauch gemächlich seiner Nase entströmen.

Gleich würden sie weitersprechen über den jungen Mann in der Nachbarschaft, der womöglich der von mir Gesuchte war. Es war nichts – ich war nur eingedöst.

»Los, auf!« Das kalte Ding in meinem Nacken drückte sich mir tief ins Fleisch.

Ich stand auf. »Durchsuchen!« kam von hinten die barsche Stimme.

Behutsam legte der alte Herr seine Zigarre ab, kam zu mir, und seine Hände strichen über meinen Körper. Zufrieden, daß ich unbewaffnet war, leerte er meine Taschen und warf deren Inhalt auf den Stuhl, von dem ich gerade aufgestanden war. »Das ist alles«, sagte er zu dem Mann hinter mir und kehrte zurück zu seinem Stuhl.

»Sie! Umdrehn!« befahl die barsche Stimme.

Ich drehte mich um und sah mich einem großen, hageren, grobknochigen Mann gegenüber, der etwa so alt war wie ich selber, fünfunddreißig. Er hatte ein häßliches Gesicht – hohlwangig, knochig und von großen, blassen Sommersprossen gesprenkelt. Seine Augen waren wässerig blau, Nase und Kinn sprangen stark hervor. »Du kennst mich?« fragte er.

»Nein.«

»Lügner!«

Ich wollte mich um diesen Punkt nicht streiten – in einer großen sommersprossigen Hand hielt er eine Kanone.

»Du wirst mich schon noch kennenlernen, bevor wir miteinander fertig sind«, drohte mir dieser große häßliche Mann. »Du wirst ...«

»Haken!« Die Stimme kam durch eine von Portieren verhangene Tür – zweifellos die Tür, durch die der häßliche Mann sich hinter mich geschlichen hatte. »Haken, komm her!« Es war eine weibliche Stimme, jung, klar und melodisch.

»Was willst du?« rief der häßliche Mann über die Schulter zurück.

»*Er* ist da.«

»Na gut!« Er wandte sich Thomas Quarre zu. »Paß auf den Komiker da auf.«

Irgendwo zwischen Bart, Jacke und seiner gestärkten Weste zog der alte Herr einen großen schwarzen Revolver hervor, der ihm recht vertraut in der Hand zu liegen schien.

Der häßliche Mann schnappte sich die Dinge, die meinen Taschen entnommen worden waren, und nahm sie mit sich durch die Portieren.

Mrs. Quarre sah lächelnd zu mir auf. »Setzen Sie sich doch, Mr. Tracy«, sagte sie.

Ich setzte mich.

Durch die Portieren kam aus dem Nebenzimmer eine neue Stimme – eine schleppende Baritonstimme, deren Akzent eindeutig britisch war; kultiviert britisch. »Was ist los, Haken?« fragte die Stimme.

Die barsche Stimme des häßlichen Mannes:

»'ne ganze Menge is los, kann ich Ihnen sagen! Sie haben uns auf'm Kieker. Vor 'ner Weile bin ich rausgegangen, und kaum bin ich auf der Straße, seh ich auf der andern Seite einen Mann, den ich kenne. Vor fünf, sechs Jahren hat mich in Philly jemand auf den aufmerksam gemacht. Wie er heißt, weiß ich nich, aber seine Visage kenn ich noch – er is einer von Continental's, der Detektivagentur. Ich bin sofort wieder zurück und hab ihn mit Elvira aus'm Fenster beobachtet. Jedes Haus auf der andern Seite hat er abgeklappert und Fragen gestellt oder was weiß ich. Dann is er hier rübergewechselt und hat unsere Seite aufs Korn genommen – und nach 'ner Weile klingelt's. Ich sag der Alten und ihrem Mann, sie sollen ihn reinholen und festhalten und hören, was er so zu sagen hat. Er quasselt was von einem Burschen daher, den er sucht und der gesehn haben soll, wie 'ne alte Frau von 'ner Straßenbahn überfahren worden ist – aber das is'ne Schote! In Wirklichkeit ist er hinter uns her. Ich bin reingegangen und hab ihn eben erst mal die Hände hochheben lassen. Eigentlich wollt' ich warten, bis Sie kommen, aber ich hatte Angst, er wird nervös und haut uns noch ab.«

Die britische Stimme: »Du hättest dich ihm nicht zeigen sollen. Die andern hätten sich um ihn kümmern können.«

Haken: »Was macht das schon? Möglich, daß er uns sowieso alle kennt. Und selbst, wenn nicht – was macht das schon?«

Die schleppende britische Stimme: »Das kann eine ganze Menge machen. Es war dumm.«

Haken, aufbrausend: »Dumm, ha? Ewig liegen Sie einem damit in den Ohren, daß andere Leute dumm sind. Sie können mich ma, sag ich! Wer macht denn die ganze Arbeit? Wer dreht denn die ganzen Dinger im Grunde? Ha? Wo ...«

Die junge weibliche Stimme: »Nu reicht's aber, Haken. Halt um Himmels willen nicht schon wieder diesen Vortrag. Ich kenn ihn jetzt schon bald auswendig!«

Papiergeraschel, dann die britische Stimme: »Also Haken, ich sage dir, du hast recht – er ist tatsächlich ein Detektiv. Hier ist ein Ausweis dabei.«

Die weibliche Stimme aus dem Nebenzimmer: »Also was machen wir jetzt? Wie verhalten wir uns?«

Haken: »Na das is doch kein Problem. Wir legen diesen Schnüffler um!«

Die weibliche Stimme: »Und stecken unsern Hals in die Schlinge?«

Haken, verächtlich: »Als ob er da nicht sowieso schon wäre! Ihr glaubt also nicht, daß dieser Bursche wegen der Sache in L. A. hinter uns her ist, was?«

Die britische Stimme: »Haken, du bist ein Trottel; und zwar ein hoffnungsloser. Angenommen, dieser Knabe interessiert sich für die Geschichte in Los Angeles, was ja wahrscheinlich ist – was dann? Er ist Detektiv bei Continental's. Ist es nicht naheliegend zu vermuten, daß seine Organisation weiß, wo er ist? Meinst du etwa, sie weiß nicht, daß er hierherkommt? Und ist es nicht wahrscheinlich, daß sie genausoviel über uns weiß wie er? Es wäre also sinnlos, ihn zu töten. Das würde unsere Lage nur verschlechtern. Das Beste ist, wir fesseln ihn und lassen ihn hier. Vor morgen früh kommen seine Kollegen ihn bestimmt nicht suchen.«

Meine Dankbarkeit ging hinaus zu der britischen Stimme! Jemand war mir wohlgesonnen, wenigstens bis zu dem Grade, daß er mich leben lassen wollte. Mir war in diesen letzten Minuten nicht sehr wohl gewesen in meiner Haut. Die Tatsache, daß ich diese Leute, die darüber entschieden, ob ich leben oder sterben sollte, nicht sehen konnte, ließ meine ohnehin schon miserable Lage noch verzweifelter erscheinen. Jetzt war mir leichter zumute, obwohl ich noch lange nicht froh war. Aber ich setzte mein Vertrauen auf die schleppende britische Stimme; es war die Stimme eines Mannes, der es gewohnt ist, sein Vorhaben auszuführen.

Haken, brüllend: »Jetzt lassen Sie sich ma was sagen, Bruderherz – der Bursche hier wird umgelegt! Basta! Ich riskier doch nix. Von mir aus können Sie quatschen, was Sie wollen, aber um meinen Hals kümmer ich mich selber, und der is'ne Menge sicherer, wenn der Bursche hier da is, wo er nich mehr reden kann. Basta!«

Die weibliche Stimme, angewidert: »Och Haken, jetzt nimm aber Vernunft an!«

Die britische Stimme, immer noch gedehnt, aber eiskalt: »Es ist sinnlos, mit dir zu diskutieren, Haken, du hast die Instinkte und den Verstand eines Höhlenbewohners. Es gibt nur eine Sprache, die du verstehst; und in der werde ich jetzt mit dir reden, mein Sohn. Solltest du in Versuchung kommen, in der Zeit von jetzt bis zu unserm Aufbruch irgendeine Dummheit zu machen, dann sag' dir im Geist nur dies vor – sag es dreimal: ›Wenn er stirbt, sterbe ich.‹ Sag es, als wäre es aus der Bibel – denn es ist genauso wahr.«

Es folgte ein langes Schweigen, das so gespannt war, daß mein nicht gerade empfindlicher Skalp zu prickeln begann.

Als endlich eine Stimme in das Schweigen schnitt, fuhr ich hoch, als wäre eine Kanone abgefeuert worden; dabei war die Stimme durchaus ruhig und gelassen.

Es war die britische Stimme, siegesgewiß, und ich atmete wieder.

»Zuerst schaffen wir die alten Leute weg«, sagte die Stimme. »Du kümmerst dich um unsern Gast, Haken. Du fesselst ihn, ich hole inzwischen die Wertpapiere, und in knapp einer halben Stunde sind wir weg.«

Die Portieren teilten sich, und Haken kam ins Zimmer – ein grimmiger Haken, dessen Sommersprossen auf dem fahlen Gelb seines Gesichts einen grünlichen Ton hatten. Er richtete seinen Revolver auf mich und sprach zu den Quarres, kurz und barsch:

»Er will euch.« Sie standen auf und gingen in das Nebenzimmer.

Haken war inzwischen an die Tür zurückgetreten, immer noch mit dem Revolver mich bedrohend, und löste die Plüschbänder, die an den schweren Portieren hingen. Dann kam er herum, hinter mich, und band mich fest an den hochlehnigen Stuhl; die Arme an die Stuhlarme, die Beine an die Stuhlbeine, meinen Körper an die Lehne und den Sitz des Stuhls; und er krönte sein Werk damit, daß er mich mit dem Zipfel eines Kissens knebelte, das zu fest gestopft war.

Als er mich kunstgerecht gefesselt hatte und zurücktrat, um mich finster anzufunkeln, hörte ich leise die Haustür zugehen, und dann liefen oben leichte Schritte hin und her.

Haken blickte in die Richtung dieser Schritte, und in seine kleinen wässerig blauen Augen kam ein listiger Ausdruck. »Elvira!« rief er leise.

Die Portieren buchteten sich aus, als ob jemand sie berührte, und dann war dicht hinter ihnen die melodische weibliche Stimme zu hören. »Was?«

»Komm her.«

»Lieber nicht. Er würde das nicht...«

»Zum Henker mit ihm!« Haken hatte Wut im Bauch. »Komm her!«

Sie kam ins Zimmer und in den Lichtkreis der Stehlampe; ein Mädchen wenig über zwanzig, schlank und rank, fertig für die Straße gekleidet, nur daß sie ihren Hut noch in der Hand hielt. Ein weißes Gesicht unter einer Masse kurzgehaltener flammend roter Locken. Rauchgraue Augen, die zu weit auseinander standen, um vertrauenerweckend zu sein – ohne jedoch unschön zu wirken –, lachten mich an; und ihr roter Mund lachte mich an, die Schneiden kleiner, scharfer Tierzähne entblößend. Sie war schön wie der Teufel und doppelt so gefährlich.

Sie lachte mich an – einen dicken, rundum mit rotem Plüschband eingewickelten Mann, der den Zipfel eines grünen Kissens zwischen den Zähnen hatte – und wandte sich dem häßlichen Mann zu. »Was willst du?«

Er sprach mit gedämpfter Stimme, verstohlen einen Blick zur Decke hinaufschickend, über der noch immer leise Schritte hin und her tapsten.

»Wie wär's, wenn wir'n abschütteln?«

Ihre rauchgrauen Augen verloren ihre Fröhlichkeit und wurden berechnend.

»Er hat einhunderttausend auf der Hand, mein Lieber – ein Drittel davon gehört mir. Du glaubst doch wohl nicht, daß ich das sausen lasse, oder?«

»'türlich nich! Und was ist, wenn wir die hundert Riesen kassieren?«

»Wie denn?«

»Das laß man meine Sorge sein, Kleines. Wenn ich das dreh, kommst du dann mit *mir*? Du weißt, daß ich gut sein werde zu dir.«

Ihr Lächeln kam mir verächtlich vor – aber ihm schien es zu gefallen.

»Ich glaub dir ja, daß du gut sein willst zu mir«, sagte sie. »Aber hör zu, Haken – wir würden nicht weit kommen; es sei denn, du machst ihn *fertig*. Ich kenn ihn! Ich laufe nicht mit irgendwas weg, was ihm gehört, solange er nicht so bedient ist, daß er nicht mehr hinterherkommen kann.«

Haken befeuchtete sich die Lippen und blickte im Zimmer umher, ohne etwas Bestimmtes anzusehen. Der Gedanke, mit dem Besitzer der langsamen britischen Stimme in die Wolle zu geraten, behagte ihm offenbar gar nicht. Aber sein Verlangen nach dem Mädchen war stärker als seine Angst.

»Ich mach's!« platzte er heraus. »Ich mach ihn fertig! Is es wirklich dein Ernst, Kleines? Du kommst mit mir, wenn ich ihn fertigmache?«

Sie reichte ihm die Hand. »Du kannst Gift drauf nehmen«, sagte sie, und er glaubte ihr.

Sein häßliches Gesicht wurde warm und rot und selig, und er schöpfte tief Luft und nahm die Schultern zurück. Vielleicht hätte ich ihr an seiner Stelle auch geglaubt – alle sind wir irgendwann schon mal auf sowas reingefallen –, da ich aber gefesselt auf dem Abstellgleis saß, wußte ich, daß er besser drangewesen wäre, wenn er mit einer Gallone Nitro gespielt hätte, statt mit diesem Baby. Sie war gefährlich! Harte Zeiten standen Haken bevor!

»Also das machen wir so ...«, begann Haken – und verstummte.

Ein Schritt war nebenan zu hören gewesen.

Unmittelbar darauf drang die britische Stimme durch die Portieren, und zu dem schleppenden Tonfall kam jetzt Zorn hinzu:

»Das ist doch einfach nicht zu fassen! Kaum geh ich einen Moment aus dem Zimmer, und schon macht ihr alles falsch. Was ist denn jetzt bloß in dich gefahren, Elvira, daß du da hineingehn und dich unserm Detektiv zeigen mußt?«

Furcht flackerte auf in ihren Augen, war jedoch sofort wieder erloschen, und leichthin sagte sie: »Nun werd mal nicht gleich gelb vor Angst, dein kostbarer Hals wird schon noch 'ne Weile verschont bleiben, auch wenn ich mal nicht so vorsichtig bin.«

Die Portieren teilten sich, und ich drehte den Kopf so weit ich konnte, um zum erstenmal diesen Menschen zu sehen, dem ich verdankte, daß ich noch am Leben war. Ich erblickte einen kleinen, dicken Mann in Hut und Mantel, fertig für die Straße und mit einer hellbraunen Reisetasche in der Hand.

Dann kam sein Gesicht in den gelben Lichtkreis der Lampe, und ich sah, daß es ein chinesisches Gesicht war. Ein kleiner, dicker Chinese, dessen makellose Kleidung ebenso britisch war wie sein Akzent.

»Das ist keine Frage der Farbe«, belehrte er das Mädchen – und erst jetzt sah ich den ganzen Stachel ihres Spotts; »es ist einfach eine Frage ganz normaler Klugheit.«

Sein Gesicht war eine runde gelbe Maske, und seine Stimme war nach wie vor emotionslos und gedehnt, aber ich wußte, daß das Mädchen ihn ebenso fest in ihrer Gewalt hatte wie den häßlichen Mann – sonst hätte ihre spitze Bemerkung ihn nicht ins Zimmer locken können. Aber ich bezweifelte, ob sie diesen anglisierten Orientalen ebenso leicht würde handhaben können wie Haken.

»Es wäre nicht unbedingt nötig gewesen, daß der Knabe da« – es sprach immer noch der Chinese – »einen von uns zu Gesicht bekommt.« Er sah mich jetzt zum erstenmal an, mit kleinen, undurchsichtigen Augen, die wie zwei schwarze Körner waren. »Es ist durchaus möglich, daß er keinen von uns gekannt hat, nicht mal der Beschreibung nach. Daß wir uns ihm so zeigen, ist der kompletteste Unsinn, auf den man verfallen kann.«

»Ach, zum Henker, Tai!« brauste Haken auf. »Lieg einem doch nich dauernd damit in den Ohren, ja? Ich leg ihn um, was macht das schon? – und damit ist die Sache geregelt!«

Der Chinese stellte seine hellbraune Reisetasche hin und schüttelte den Kopf.

»Hier wird niemand umgebracht«, sagte er langsam, »oder es werden gleich mehrere umgebracht. Du verstehst doch, was ich sagen will, Haken, oder?«

Haken verstand. Sein Adamsapfel ging auf und ab, so angestrengt war er am Schlucken, und hinter dem Kissen, das mich würgte, dankte ich dem gelben Mann noch einmal.

Dann gab diese rothaarige Teufelin ihren Senf dazu.

»Haken bietet sich immer an, Dinge zu tun, die er eigentlich gar nicht tun möchte«, sagte sie zu dem Chinesen.

So daran erinnert zu werden, daß er versprochen hatte, den Chinesen *fertigzumachen*, trieb Haken die Flammen ins Gesicht, und wieder schluckte er und blickte um sich, als wollte er sich am liebsten verkriechen. Aber das Mädchen hatte ihn; ihr Einfluß war stärker als seine Feigheit.

Plötzlich trat er dicht an den Chinesen heran und starrte aus der Höhe seiner überlegenen Größe finster auf ihn herab.

»Tai«, knurrte der häßliche Mann in das runde gelbe Gesicht; »du bist erledigt. Ich hab's satt, mich dauernd von dir gängeln zu lassen, als wärst du'n König oder sonstwas. Ich werde ...«

Er stockte und kam nicht weiter. Stille. Tai blickte zu ihm auf mit Augen, die so hart und schwarz und unmenschlich waren wie zwei Stücke Kohle. Hakens Lippen zuckten, und er wich ein wenig zurück.

Ich hörte auf zu schwitzen. Der gelbe Mann hatte erneut gewonnen. Aber ich hatte die rothaarige Teufelin vergessen. Sie lachte jetzt – ein höhnisches Lachen, das für den häßlichen Mann ein Messerstich gewesen sein muß.

Ein Schrei entrang sich seiner Brust, und in dem runden, ausdruckslosen Gesicht des gelben Mannes landete eine große Faust.

Der Punch traf Tai mit solcher Wucht, daß er quer durchs Zimmer flog und auf der Seite in einer Ecke landete.

Aber schon während er durchs Zimmer schoß, hatte er den Körper zu dem häßlichen Mann herumgerissen – eine Kanone war in seiner Hand, bevor er zu Boden ging – und er sprach bereits, als seine Beine noch nicht auf dem Teppich zur Ruhe gekommen waren – und sein Englisch war langsam und kultiviert.

»Wir werden«, sagte er, »diese Sache zwischen uns später bereinigen. Jetzt läßt du erst einmal die Pistole fallen und rührst dich nicht vom Fleck, derweil ich aufstehe.«

Hakens Revolver – erst halb aus der Tasche, als der Orientale ihn bereits in Schach hielt – bumste auf den Teppich. Stockstarr stand er da, während Tai sich aufrappelte, und Hakens Atem ging schnaufend, und jede Sommersprosse hob sich gespenstisch ab vor dem schmutzigen Weiß seines angstverzerrten Gesichts.

Ich sah das Mädchen an. Es lag Verachtung in den Augen, mit denen sie Haken ansah, keine Überraschung oder Enttäuschung.

Dann machte ich eine Entdeckung: *Irgend etwas in ihrer Nähe hatte sich verändert im Zimmer!*

Ich schloß die Augen und versuchte mir vorzustellen, wie dieser Teil des Zimmers ausgesehen hatte, bevor die zwei Männer aneinandergeraten waren. Plötzlich, sie wieder aufreißend, hatte ich die Antwort.

Auf dem Tisch neben dem Mädchen hatten ein paar Zeitschriften und ein Buch gelegen. Beides war jetzt weg. Keinen halben Meter von dem Mädchen entfernt stand die hellbraune Tasche, die Tai mit ins Zimmer gebracht hatte. Angenommen, die Tasche hatte die Wertpapiere von dem in Los Angeles gedrehten Ding enthalten, das sie erwähnt hatten. Gut möglich. Was dann? Dann enthielt sie jetzt wahrscheinlich das Buch und die Zeitschriften, die auf dem Tisch gelegen hatten. Das Mädchen hatte den Krach zwischen den Männern inszeniert, um sie abzulenken, während sie inzwischen einen schnellen Tausch vornahm. Wo aber sollte dann das Beutegut sein? Ich wußte es nicht, vermutete jedoch, daß es wahrscheinlich zu voluminös war, um unauffällig an der schlanken Figur des Mädchens untergebracht werden zu können.

Gleich hinter dem Tisch stand eine Couch mit einer breiten roten Überdecke, die bis auf den Boden hinunterreichte. Ich blickte von der Couch zu dem Mädchen. Sie beobachtete mich gerade, und freudig zwinkernd leuchteten ihre Augen auf, als sie meinem Blick begegneten, der sich von dem Sofa abwandte. Das Sofa war es!

Inzwischen hatte der Chinese Hakens Revolver eingesteckt

und sprach zu ihm: »Wenn ich Mord nicht verabscheuen würde und wenn ich nicht der Ansicht wäre, daß du Elvira und mir bei der Flucht vielleicht nützen könntest, würde ich uns jetzt tatsächlich von dem Handicap deiner Dummheit befreien. Aber ich will dir noch eine Chance geben. Trotzdem möchte ich dir nahelegen, deine Gefühlsausbrüche in Zukunft etwas besser unter Kontrolle zu halten.« Er wandte sich an das Mädchen. »Hast du unserm Haken dumme Gedanken in den Kopf gesetzt?«

Sie lachte. »In *den* Kopf kann keiner irgendwelche Gedanken setzen.«

»Da magst du recht haben«, sagte er und kam dann herüber, um die Fesseln an meinen Armen und meinem Körper zu prüfen.

Er war zufrieden mit ihnen, hob die hellbraune Tasche auf und hielt dem häßlichen Mann die Kanone hin, die er ihm vor wenigen Minuten abgenommen hatte.

»Hier ist dein Revolver, Haken, versuch jetzt mal, vernünftig zu sein. Wir können jetzt beruhigt gehn. Der Alte und seine Frau tun, was sie sollen. Sie sind unterwegs zu einer Stadt, die wir vor unserm Freund hier nicht namentlich zu nennen brauchen, und warten da auf uns und ihren Anteil an den Wertpapieren. Daß sie lange warten können, versteht sich von selbst – sie sind jetzt nicht mehr im Spiel. Unter uns dreien darf es aber nun keinen Verrat mehr geben. Wenn wir klarkommen wollen, müssen wir einander helfen.«

Nach strengen Gesetzen der Dramatik hätte dieses Pack mir eigentlich noch sarkastische Reden halten müssen, aber das taten sie nicht. Sie übergingen mich, ohne mir auch nur einen Abschiedsblick zurückzuwerfen, und entschwanden meinen Augen in der Dunkelheit des Flurs.

Plötzlich war der Chinese wieder im Zimmer, auf Zehenspitzen sich bewegend – in der einen Hand ein offenes Messer, in der andern eine Kanone. Das also war der Mann, dem ich für die Rettung meines Lebens gedankt hatte! Er beugte sich über mich.

Das Messer näherte sich meiner rechten Seite, und das Plüschband, das meinen Arm festhielt, lockerte seinen Griff. Ich atmete wieder, und mein Herz schlug wieder weiter.

»Haken wird zurückkommen«, flüsterte Tai – und war weg.

Auf dem Teppich, einen Schritt vor mir, lag ein Revolver.

Die Haustür ging zu, und ich war eine Weile allein.

Man kann mir glauben, daß ich diese Weile damit verbrachte, gegen die roten Plüschbänder zu kämpfen, die mich banden. Tai hatte eine Windung durchgeschnitten, was meinen rechten Arm etwas lockerte und meinem Körper etwas mehr Spiel gab, aber ich war noch lange nicht frei. Und sein geflüstertes »Haken wird zurückkommen« war mir Ansporn genug, um mit aller Kraft gegen meine Fesseln anzugehen.

Ich begriff jetzt, warum der Chinese so fest darauf bestanden hatte, mein Leben zu schonen. *Ich war das Werkzeug, mit dem Haken beseitigt werden sollte!* Der Chinese hatte sich gedacht, daß Haken, sobald sie auf die Straße gekommen wären, ins Haus zurückhuschen, mich umlegen und sich dann wieder zu seinen Verbündeten gesellen würde. Und wenn er nicht von selber darauf gekommen wäre, hätte der Chinese es ihm wahrscheinlich nahegelegt.

Deswegen hatte er mir eine Kanone in Reichweite gelegt und meine Fesseln nur so weit gelöst, daß ich mich nicht befreien konnte, bevor er selber abgehauen war.

Diese Gedanken liefen nebenher. Ich ließ mich durch sie in meinen Anstrengungen freizukommen nicht aufhalten. Das *Warum* war mir in dem Moment nicht wichtig – wichtig war, den Revolver in der Hand zu haben, wenn der häßliche Mann zurückkäme.

Gerade als die Haustür aufging, kriegte ich den rechten Arm restlos frei und riß mir das erstickende Kissen aus dem Mund. Mein übriger Körper wurde immer noch von den Bändern gehalten; locker zwar, aber gehalten.

Ich warf mich, samt Stuhl und allem, nach vorn, den Sturz mit dem freien Arm auffangend. Der Teppich war dick. Ich landete auf der Nase, mit dem schweren Stuhl auf mir, völlig hilflos, aber mein rechter Arm war frei von dem Geschling, und meine rechte Hand packte die Kanone. Das düstere Licht fiel auf einen Mann, der rasch ins Zimmer trat – in der Hand einen metallischen Schimmer.

Ich feuerte.

Er faßte sich mit beiden Händen an den Bauch, knickte zusammen und verendete auf dem Teppich.

Das war vorbei. Aber das war noch lange nicht alles. Ich zerrte an den Plüschbändern, die mich festhielten, und versuchte mir klar darüber zu werden, was weiter zu tun sei.

Das Mädchen hatte die Wertpapiere vertauscht, sie unter dem Sofa versteckt – das stand außer Frage. Sie hatte vorgehabt, sie abzuholen, bevor ich von meinem Stuhl freigekommen wäre. Aber nun war Haken schon dagewesen, und so mußte sie ihren Plan ändern. Was lag jetzt näher für sie, als dem Chinesen zu erzählen, Haken hätte die Vertauschung vorgenommen? Was dann? Es gab nur eine Antwort – Tai würde die Wertpapiere holen kommen; beide würden sie kommen. Tai wußte zwar, daß ich jetzt bewaffnet war, aber sie hatten gesagt, die Wertpapiere bedeuteten einhunderttausend Dollar. Das reichte, um sie zurückzubringen!

Ich strampelte das letzte Band weg und krabbelte zu dem Sofa. Die Wertpapiere lagen darunter – vier dicke Bündel, zusammengehalten von starken Gummibändern. Ich steckte sie unter den Arm und ging hinüber zu dem Mann, der in der Nähe der Tür starb. Seine Kanone lag unter einem seiner Beine. Ich zog sie hervor, trat über ihn hinweg und ging in den dunklen Flur. Dann blieb ich stehen und überlegte.

Das Mädchen und der Chinese würden sich beim Angriff teilen. Einer würde durch die Haustür vorne hereinkommen, der andere durch die Hintertür. Auf diese Weise würden sie am sichersten mit mir fertig werden. Ich hatte also nur hinter einer dieser Türen auf sie zu warten. Es wäre dumm von mir, das Haus zu verlassen – genau das würden sie zuerst erwarten; und mir in einem Hinterhalt auflauern.

Es war ganz klar, ich mußte mich in Sichtweite dieser Vordertür flachmachen und darauf warten, daß einer von ihnen durch sie hereinkäme – und einer würde bestimmt hereinkommen, wenn sie es leid geworden wären, draußen noch länger auf mich zu warten.

Zur Haustür hin war der Flur durch den schwachen Lichtschein erhellt, der von den Straßenlaternen durch das Glas sickerte. Die Treppe, die in die erste Etage führte, warf einen dreieckigen Schatten über einen Teil des Flurs – einen Schatten, der für alle möglichen Vorhaben schwarz genug war. Ich hockte mich in dieses dreieckige Stück Nacht und wartete.

Ich hatte zwei Kanonen – die, die der Chinese mir gegeben hatte, und die, die ich Haken abgenommen hatte. Ich hatte einen Schuß abgefeuert; dann blieben mir noch elf zur Verfügung – es sei denn, eine der Waffen wäre, nachdem sie geladen worden war, von jemand anderem benutzt worden. Ich tastete die Rückseite der Trommel des Revolvers ab, den Tai mir gegeben hatte, und in der Dunkelheit fühlten meine Finger nur *eine* Hülse – unter dem Hahn. Tai war kein Risiko eingegangen; er hatte mir eine einzige Patrone gegeben – die, mit der ich Haken zu Fall gebracht hatte.

Ich legte diese Kanone auf den Boden und untersuchte die andere, die ich Haken abgenommen hatte. Sie war *leer.* Der Chinese war überhaupt kein Risiko eingegangen! Er hatte Hakens Kanone entladen, bevor er sie ihm nach ihrem Streit zurückgegeben hatte.

Ich saß in der Falle! Alleine, unbewaffnet, in einem fremden Haus, in das gleich zwei Menschen kommen würden, die hinter mir her waren – und daß einer davon eine Frau war, fand ich durchaus nicht beruhigend; sie war dadurch nicht weniger mörderisch.

Einen Moment war ich versucht, einen Ausbruch zu wagen. Der Gedanke, wieder draußen auf der Straße zu sein, war verlockend; aber ich schob ihn beiseite. Das wäre eine Dummheit; und zwar eine große. Dann fielen mir die Wertpapiere unter meinem Arm ein. Sie würden als meine Waffe herhalten müssen.

Wenn sie mir nützen sollten, mußten sie versteckt werden.

Ich glitt aus meinem Schattendreieck und ging die Treppe hinauf. Dank der Straßenlaternen war es in den oberen Räumen hell genug, so daß ich mich bewegen konnte. Und wie ich mich bewegte! Hin und her lief ich durch die Räume, hin und her, auf der Suche nach einem Versteck für die Wertpapiere. Und als dann plötzlich ein Fenster rappelte, wie von Zugluft bewegt, weil irgendwo eine Tür nach außen aufgegangen war, hatte ich das Diebesgut immer noch in den Händen.

Es blieb mir nun nichts mehr übrig, als es aus einem Fenster zu schmeißen und auf mein Glück zu vertrauen. Ich schnappte mir von einem Bett ein Kissen, riß den weißen Bezug herunter und warf die Wertpapiere da hinein. Dann lehnte ich mich aus einem bereits offenen Fenster und sah hinunter in die Nacht, nach einer günstigen Stelle suchend, wo ich meinen Sack würde hinwerfen können – ich wollte nicht, daß die Wertpapiere irgendwo landeten, wo sie einen Auflauf verursachen würden.

Und wie ich so aus dem Fenster sah, fand ich ein besseres Versteck. Das Fenster ging auf einen schmalen Hof, auf dessen anderer Seite ein ebensolches Haus war wie das, in dem ich mich befand. Das Haus war genauso groß und hatte ein leicht zur anderen Seite hin abfallendes Blechdach. Das Dach war nicht weit von mir entfernt – nahe genug, um den Kissenbezug hinüberwerfen zu können. Ich warf. Er verschwand über dem vorderen Dachrand und landete mit leisem Plock auf dem Blech.

Dann machte ich Licht im Zimmer, zündete mir eine Zigarette an (wir alle posieren hin und wieder gern ein bißchen) und setzte mich auf das Bett, um meine Gefangennahme abzuwarten. Ich hätte mich durch das dunkle Haus an meine Feinde heranpirschen und sie vielleicht überwältigen können, aber damit hätte ich höchstwahrscheinlich nur erreicht, erschossen zu werden. Und ich lasse mich nicht gern erschießen.

Das Mädchen fand mich.

Sie kam durch den Flur geschlichen, in jeder Hand eine Automatic, zögerte kurz vor der Tür und war dann mit einem

Satz im Zimmer. Als sie mich dann friedlich auf der Bettkante sitzen sah, funkelte sie mich voller Verachtung an, daß man hätte meinen können, ich hätte etwas besonders Niederträchtiges getan. Ich glaube, sie hatte von mir erwartet, ich würde ihr eine Gelegenheit zum Schießen geben.

»Ich hab ihn, Tai«, rief sie, und der Chinese kam zu uns.

»Was hat Haken mit den Wertpapieren gemacht?« fragte er, sofort zur Sache kommend und völlig ruhig.

Ich grinste ihm in das runde gelbe Gesicht und spielte meinen Trumpf aus.

»Warum fragen Sie nicht das Mädchen?«

Seine Miene verriet nichts, aber mir war, als versteifte sich sein Körper ein wenig in seiner tadellosen britischen Kleidung. Das ermutigte mich, mit meiner kleinen Lüge fortzufahren, die darauf angelegt war, die Dinge aufzurühren.

»Haben Sie denn nicht mitgekriegt, daß die vorhatten, sie abzuhängen?«

»Sie dreckiger Lügner!« schrie das Mädchen und machte einen Schritt auf mich zu.

Mit energischer Geste gebot Tai ihr Einhalt. Mit seinen undurchsichtigen schwarzen Augen starrte er durch sie hindurch, und während er so starrte, wich das Blut aus seinem Gesicht. Sie hatte diesen dicken gelben Mann an der Leine, das stand fest, aber ein harmloses Spielzeug war er nicht gerade.

»So also ist das«, sagte er, an niemanden speziell gerichtet. Dann zu mir: »Wo haben die beiden die Wertpapiere hingetan?«

Das Mädchen trat dicht an ihn heran, und ihre Worte überstürzten sich.

»Hier die Wahrheit, Tai, Gott steh mir bei! Ich hab das Zeug selber ausgetauscht. Haken hatte keine Ahnung davon. Ich wollte euch beiden weglaufen. Ich hab sie unten unter die Couch gesteckt, aber da sind sie jetzt nicht mehr. Das ist bei Gott die Wahrheit!«

Alles in ihm wollte ihr glauben, und ihre Worte klangen ja auch glaubwürdig. Und da ich wußte, daß er ihr – verliebt in sie, wie er war – den Verrat mit den Wertpapieren eher verziehen hätte als ihr Vorhaben, mit Haken davonzulaufen, beeilte ich mich, die Dinge weiter aufzurühren.

»Zum Teil ist das schon wahr«, sagte ich. »Sie hat die Wertpapiere unter der Couch versteckt – aber Haken wußte sehr wohl davon. Sie haben sich das ausgedacht, als Sie hier oben waren. Er sollte Streit mit Ihnen anfangen, und inzwischen wollte sie die Wertpapiere gegen was anderes vertauschen, und genau das haben sie dann auch gemacht.«

Ich hatte ihn! Als sie wie eine Furie zu mir herumfuhr, drückte er ihr die Schnauze seiner Automatic in die Seite – ein scharfer Stoß in ihre Rippen, die ihren wütenden Wortschwall versiegen ließ.

»Ich nehm dir die Kanonen ab, Elvira«, sagte er und tat es.

»Wo sind die Wertpapiere jetzt?« fragte er mich.

Ich grinste. »Ich bin nicht für Sie, Tai; ich bin gegen Sie.«

»Gewalttätigkeiten liegen mir nicht«, sagte er langsam, »und ich glaube, Sie sind ein vernünftiger Mensch. Schließen wir einen Handel ab, mein Freund.«

»Machen Sie einen Vorschlag«, sagte ich.

»Aber gern! Gehen wir davon aus, daß Sie die Wertpapiere versteckt haben, wo niemand sonst sie finden kann; und daß ich Sie völlig in meiner Gewalt habe – so wie es in Krimis immer beschrieben wird.«

»Soweit vernünftig«, sagte ich; »machen Sie weiter.«

»Wir haben also eine Situation, die man beim Spiel ein Unentschieden nennt. Keiner von uns beiden hat einen Vorteil. Als Detektiv wollen Sie uns haben, wir aber haben Sie. Als Diebe wollen wir die Wertpapiere haben, die aber haben Sie. Ich biete Ihnen dafür zum Tausch das Mädchen, und das scheint mir ein faires Angebot. Ich hätte dann die Wertpapiere und eine Chance abzuhauen. Und Sie hätten als Detektiv durchaus nicht erfolglos gearbeitet. Haken ist tot, und Sie hätten das Mädchen. Es wäre dann nur noch nötig, mich und die Wertpapiere wieder aufzuspüren – durchaus keine aussichtslose Sache. Sie hätten damit eine Niederlage in einen halben Sieg verwandelt und hätten eine gute Chance, einen ganzen Sieg daraus zu machen.«

»Und woher weiß ich, daß Sie mir das Mädchen auch geben werden?«

Er zuckte die Achseln. »Dafür kann es natürlich keine Garantie geben. Da ich aber weiß, daß sie vorhatte, mich mit diesem Schwein zu verlassen, das jetzt tot da unten liegt, können Sie sich vorstellen, daß meine Gefühle für sie nicht die allerfreundlichsten sind. Im übrigen würde sie, wenn ich sie mitnähme, einen Beuteanteil haben wollen.«

Ich überlegte mir das Angebot.

»Nun, für mich sieht die Sache so aus«, sagte ich schließlich zu ihm. »Sie sind kein Killer. Ich komme lebendig hier raus, egal, was passiert. Warum soll ich mich also auf Tauschgeschäfte einlassen? Sie und das Mädchen werden leichter wiederzufinden sein als die Wertpapiere, und auf die kommt es ja vor allem an bei der Geschichte. Ich werde sie also nicht rausrücken und lieber versuchen, Euch wiederzufinden. Ja, das dürfte wohl sicherer sein.«

»Nein, ein Killer bin ich nicht«, sagte er sehr leise; und zum erstenmal sah ich ein Lächeln auf seinem Gesicht. Es war kein freundliches Lächeln – es hatte etwas, was einen schaudern machen konnte. »Aber vielleicht bin ich etwas anderes; etwas, woran Sie noch nicht gedacht haben. Aber dieses Reden führt zu nichts. Elvira!«

Gehorsam trat das Mädchen vor.

»In der Kommode da findest du Bettlaken«, sagte er zu ihr. »reiß eins oder zwei davon in Streifen, die stark genug sind, unseren Freund hier zu fesseln.«

Das Mädchen ging zu der Kommode. Ich runzelte die Stirn und versuchte, eine nicht zu unangenehme Antwort auf die Frage zu finden, die sich mir stellte. Die Antwort, die zuerst auftauchte, war nicht schön: *Folter.*

Dann ließ ein leises Geräusch uns alle in gespannter Reglosigkeit erstarren.

Das Zimmer, in dem wir uns befanden, hatte zwei Türen – eine führte in den Flur, die andere in ein weiteres Schlafzimmer. Es war die Tür zum Flur, durch die das schwache Geräusch gekommen war – das Geräusch schleichender Füße.

Rasch und leise ging Tai rückwärts zu einer Stelle, von der aus er die Tür zum Flur beobachten konnte, ohne das Mädchen und mich aus den Augen lassen zu müssen – und die in seiner dicken Hand wie etwas Lebendiges aufgerichtete Kanone war uns Warnung genug, keinen Laut von uns zu geben.

Wieder das schwache Geräusch, unmittelbar vor der Tür.

Die Kanone in Tais Hand schien zu beben vor Gier.

Durch die andere Tür – die Tür zum Nebenzimmer – huschte Mrs. Quarre herein, einen riesigen gespannten Revolver in ihren dünnen Händchen.

»Waffe weg, du widerlicher Heide«, kreischte sie.

Noch bevor er sich zu ihr umdrehte, ließ Tai die Pistole fallen und nahm die Hände hoch – und beides war sehr klug von ihm.

In dem Augenblick kam Thomas Quarre vom Flur herein, ebenfalls mit einem gespannten Revolver – dem Gegenstück zu dem seiner Frau – nur daß er vor seinem massigen Körper nicht so riesenhaft wirkte.

Ich blickte wieder zu der alten Frau hinüber und sah nur noch wenig von der freundlichen, zierlichen Dame, die Tee eingegossen und über die Nachbarn geplaudert hatte. Wenn es je eine Hexe gegeben hat, so war dies jetzt eine – eine Hexe der schwärzesten, boshaftesten Sorte. Ihre kleinen schwachen Augen blitzten vor Wildheit, ihre welken Lippen waren wölfisch gebleckt, und ihr dünner Leib zitterte vor Haß.

»Ich hab's gewußt!« keifte sie. »Sobald wir weit genug weg waren, um zu überlegen, hab ich's Tom gesagt. Ich wußte, daß das eine abgekartete Sache war! Ich wußte, daß dieser angebliche Detektiv einer von euch war! Ich wußte, daß das nichts anderes war als ein Plan, um Thomas und mich um unsere Anteile zu bringen! Na, ich werd's dir zeigen, du gelber Affe, du! Wo sind diese Wertpapiere? Wo sind sie?«

Der Chinese hatte seine Fassung wiedergefunden – falls er sie überhaupt verloren gehabt hatte.

»Das kann Ihnen vielleicht unser stämmiger Freund hier sagen«, sagte er. »Ich war gerade dabei, ihm das aus der Nase zu ziehen, als Sie so – ah – dramatisch auftauchten.«

»Thomas, steh doch da um Himmelswillen nicht so verträumt herum«, meckerte sie ihren Mann an, der allem Anschein nach noch derselbe sanftmütige alte Herr war, der mir eine ausgezeichnete Zigarre geschenkt hatte. »Fessel den Chinesen da! Ich trau dem alles mögliche zu, und mir ist erst wohl, wenn er gefesselt ist.«

Ich stand von der Bettkante auf und bewegte mich vorsichtig zu einer Stelle, wo ich hoffte, aus der Schußlinie zu sein, wenn das einmal eintreten würde, was ich vermutete.

Tai hatte die Kanone in seiner Hand fallen gelassen, aber er war nicht durchsucht worden. Die Chinesen sind ein gründliches Volk; *wenn* einer von ihnen schon eine Kanone hat, dann hat er gewöhnlich gleich zwei oder drei oder noch mehr. Eine Kanone war Tai abgenommen worden, aber wenn sie versuchten, ihn zusammenzuschnüren, ohne ihn vorher zu filzen, würde es wahrscheinlich Feuerwerk geben; deswegen ging ich ein wenig beiseite.

Der dicke Thomas Quarre ging phlegmatisch zu dem Chinesen, um den Befehl seiner Frau auszuführen – und vermasselte die Sache gründlich.

Er brachte seine Körpermasse zwischen Tai und die Kanone der Alten.

Tais Hände bewegten sich. Schon hielt jede eine Automatic.

Noch einmal kam Tai in die beste Form seiner Rasse. Wenn ein Chinese schießt, schießt er, bis seine Kanone leer ist.

Als ich Tai an seinem dicken Hals zurückriß und ihn auf den Boden schleuderte, waren seine Kanonen noch immer bellendes Metall; und sie klickten leer, als ich ein Knie auf einen seiner Arme kriegte. Ich wollte kein Risiko eingehen. Ich bearbeitete seinen Hals, bis mir seine Augen und seine Zunge sagten, daß er für eine Weile außer Gefecht gesetzt sein würde. Dann sah ich mich um.

Thomas Quarre lag gegen das Bett gelehnt, eindeutig tot, mit drei runden Löchern in seiner gestärkten weißen Weste.

Auf der anderen Seite des Zimmers lag Mrs. Quarre auf dem Rücken. Ihre Kleidung lag seltsam ordentlich um ihren zierlichen Leib, und noch einmal hatte der Tod ihr das sanfte, freundliche Aussehen verliehen, das sie gehabt hatte, als ich sie zum erstenmal erblickte.

Das rothaarige Mädchen Elvira war weg.

Schon regte Tai sich wieder, und als ich ihm eine weitere Kanone aus der Kleidung gezogen hatte, half ich ihm, sich aufzusetzen. Mit einer Hand rieb er sich die schmerzende Kehle und sah sich dabei kühl im Zimmer um.

»Wo's Elvira?« fragte er.

»Entkommen – erst mal.«

Er zuckte die Achseln. »Tja, das können Sie ja nun wirklich eine erfolgreiche Aktion nennen. Die Quarres tot; die Wertpapiere und ich in Ihren Händen.«

»Ja, nicht übel«, gab ich zu, »aber tun Sie mir mal einen Gefallen?«

»Wenn ich kann, gerne.«

»Dann sagen Sie mir, was zum Teufel das alles soll!«

»Was das *alles* soll?«

»Genau! Nach dem, was ich so mitkriegen konnte, habt ihr in Los Angeles irgendeinen Coup gelandet, der euch hunderttausend Dollar in Wertpapieren eingebracht hat. Aber ich weiß gar nichts davon, daß da unten in letzter Zeit so'n schweres Ding gedreht wurde.«

»Aber das ist doch lächerlich!« sagte er mit einem für seine Begriffe fast irrwitzigen Staunen in den Augen. »Lächerlich! Sie wissen natürlich alles darüber!«

»Das tu ich nicht! Ich war auf der Suche nach einem jungen Burschen namens Fisher, der sein Zuhause in Tacoma im Zorn verlassen hat – vor ein bis zwei Wochen. Sein Vater möchte, daß ich unauffällig rauskriege, wo er sich aufhält, damit er herkommen und mit ihm reden kann. Er will versuchen, ob er ihn dazu bewegen kann, wieder heimzukommen. Man hat mir gesagt, daß ich Fisher eventuell in diesem Abschnitt der Turk Street finden könnte, und das hat mich hierhergeführt.«

Er glaubte mir nicht. Er glaubte mir nie. Als man ihn hängte, hielt er mich noch immer für einen Lügner.

Als ich wieder auf die Straße hinauskam (und die Turk Street war nach meinem Abend in diesem Haus ein herrliches Stückchen Erde!), kaufte ich mir eine Zeitung und entnahm ihr das meiste von dem, was ich wissen wollte.

Ein Zwanzigjähriger – ein Botenjunge für eine Maklerfirma in Los Angeles – war vor zwei Tagen auf dem Weg zur Bank mit einem Packen Wertpapieren verschwunden. Noch in derselben Nacht hatten sich dieser Junge und ein schlankes Mädchen mit kurzem rotem Lockenschopf in einem Hotel in Fresno als *J. M. Riordan und Frau* eingeschrieben. Am nächsten Morgen war der Junge in seinem Zimmer gefunden worden – ermordet. Das Mädchen war weg. Die Wertpapiere waren weg.

So weit hatte es in der Zeitung gestanden. Im Laufe der nächsten paar Tage – hier ein bißchen ausgrabend und da ein bißchen aufschnappend – konnte ich mir die Geschichte in großen Zügen zusammenstückeln.

Der Chinese – mit vollem Namen hieß er Tai Tschun Tau – war der Kopf der Bande gewesen. Ihre Masche war eine Variation des stets funktionierenden Köderspiels gewesen. Tai machte irgendeinen jungen Burschen ausfindig, der für einen Bank- oder Börsenmann Laufjunge war beziehungsweise Botendienste machte – einen, der entweder Bargeld oder einlösbare Börsenpapiere zu transportieren hatte; in großen Mengen, versteht sich.

Dann oblag es Elvira, diesen Jungen *anzumachen*, ihm total den Kopf zu verdrehen – was ihr nicht sehr schwergefallen sein dürfte – und ihn dann zart dazu rumzukriegen, mit ihr und allem, was er an Scheinchen oder Papierchen seines Brotherrn würde grabschen können, durchzugehen.

Wo immer sie die erste Nacht ihrer Flucht verbrachten, tauchte dann Haken auf – blutrünstig und mit Schaum vorm Mund. Das Mädchen fing darauf an, zu flehen, sich die Haare zu raufen und so weiter, in dem Versuch, Haken – in seiner Rolle als wutschnaubender Ehemann – davon abzuhalten, den Jungen hinzuschlachten; was schließlich Erfolg hatte, und am Schluß stand der Junge dann ohne Mädchen da und ohne die Früchte seiner Dieberei.

Manchmal hatte er sich der Polizei gestellt. Zwei hatten, wie wir ermittelten, Selbstmord begangen. Der Junge aus Los Angeles war aus etwas festerem Holz geschnitzt gewesen. Er hatte den Kampf aufgenommen, und Haken hatte ihn umbringen müssen. Die Geschicklichkeit des Mädchens läßt sich an der Tatsache ermessen, daß, als das Spiel aus war, keiner der sechs reingelegten Jungen auch nur ein Wort sagte, was sie in die Sache hineingezogem hätte; und einige von ihnen hatten sie bewußt raushalten wollen, was ihnen dann großen Ärger einbrachte.

Das Haus in der Turk Street war das Versteck der Bande gewesen, und um es nicht zu gefährden, hatten sie ihr Spiel nicht in San Francisco getrieben. Haken und das Mädchen wurden von den Nachbarn für Sohn und Tochter der Quarres gehalten – und Tai war der chinesische Koch. Das gutmütige und achtbare Erscheinungsbild der Quarres hatten für die Sicherheit der Bande ihr übriges getan.

Der Chinese wurde gehängt. Nach dem rothaarigen Mädchen warfen wir das größte und feinstmaschige Grundnetz aus; und brachten dutzendweise Mädchen mit kurzem rotem Lockenschopf nach oben. Aber das Mädchen Elvira war nicht dabei.

Ich schwor mir, daß ich eines Tages …

Das Mädchen mit den silbernen Augen

Ein Klingeln riß mich aus dem Schlaf. Ich wälzte mich an den Bettrand und griff nach dem Hörer. Die angenehme Stimme des Alten – des Leiters der Continental Detektei in San Francisco – drang an mein Ohr:

»Tut mir leid, daß ich Sie störe, aber Sie werden hochmüssen zu den Glenton-Apartments an der Leavenworth Street. Ein Mann namens Burke Pangburn rief mich eben an und bat darum, ihm sofort irgendwen vorbeizuschicken. Er kam mir ziemlich aufgeregt vor. Kümmern Sie sich da mal drum? Stellen Sie fest, was er will.« Ich sagte ja, würde ich tun, und gähnend, mich reckend und Pangburn verfluchend – wer immer das auch sein mochte –, schälte ich meinen dicken Körper aus dem Schlafanzug und stieg in Straßenkleidung.

Der Mann, der mich in meinem Sonntagvormittagsschlaf gestört hatte, war – wie ich sah, als ich in dem Glenton-Haus eintraf – eine schmächtige, bleichgesichtige Person von etwa fünfundzwanzig mit großen braunen Augen, die zu der Zeit rotgerändert waren, entweder durch Schlaflosigkeit oder weil er geweint hatte oder wegen beidem. Sein langes braunes Haar war ungekämmt, als er die Tür aufmachte, um mich hereinzulassen; und über einem weinroten Seidenschlafanzug trug er einen malvenfarbenen Morgenmantel mit großen jadegrünen Papageien darauf.

Der Raum, in den er mich führte, glich einem Etablissement eines Auktionators kurz vor Beginn einer Versteigerung – oder vielleicht auch einer von diesen Teestuben in Seitengassen. Dickbauchige blaue Vasen, krumm sich windende rote Vasen, schlank sich streckende gelbe Vasen, Vasen der verschiedensten Formen und Farben; Laternen, Lampen und Kerzenständer;

Marmorfiguren, Ebenholzfiguren, Figuren aus jedem Material; alle möglichen Möbel, die durchweg irgendwie sonderbar gestaltet waren; merkwürdige und reichlich eigenwillig gehängte Bilder. Ein Raum, in dem man sich schwerlich wohlfühlen konnte.

»Meine Verlobte«, begann er sofort mit hochgespannter Stimme, die in Hysterie überzuschnappen drohte, »ist verschwunden! Irgendwas ist ihr zugestoßen! Irgendeine furchtbar faule Geschichte! Ich möchte, daß Sie sie finden – damit dieses Entsetzliche nicht über sie hereinbricht, das ...«

So weit konnte ich ihm folgen, dann gab ich es auf. Ein Kuddelmuddel von Worten purzelte aus seinem Mund – »weggezaubert ... mysteriöses Etwas ... in eine Falle gelockt« –, aber die Worte waren so ohne Zusammenhang, daß ich nicht aus ihnen schlau wurde. Ich hörte also auf, ihn verstehen zu wollen, und ließ ihn sich einfach erst mal leerplappern.

Ich habe schon ganz vernünftige Männer erlebt, die, wenn sie unter Hochspannung standen, noch viel verrückter daherschwatzten als dieser wildäugige Junge; aber durch seine Kleidung – der Morgenmantel mit den Papageien, der knallige Schlafanzug – und durch seine Umgebung – dieser schwindelerregend eingerichtete Raum – wirkte er allzu theatralisch. Die Szenerie verlieh seinen Worten etwas durch und durch Unwirkliches.

Er selber war – wenn normal – bestimmt ein ganz passabel aussehender Junge. Seine Züge waren klar, Mund und Kinn allerdings etwas schwach ausgeprägt, dafür war die Stirn aber gut. Doch wie ich so da stand und auf die wenigen melodramatischen Satzfetzen hörte, die ich dem Wirrwarr der Laute, mit denen er mich überschüttete, entnehmen konnte, dachte ich, daß er statt der Papageien Meisen auf seiner Robe haben sollte.

Das war der Augenblick, wo die Worte ihm ausgingen und er seine langen, feinen Hände in flehender Gebärde zu mir hob und sagte:

»Tun Sie's?« – immer wieder – »Tun Sie's? Tun Sie's?«

Ich nickte beruhigend und sah, daß er Tränen auf seinen dünnen Backen hatte.

»Wie wär's denn, wenn wir mal mit dem Anfang anfangen?« schlug ich vor und setzte mich vorsichtig auf ein geschnitztes Bankdings, das nicht gerade sonderlich stabil aussah.

»Ja! Ja!« Mit gespreizten Beinen stand er vor mir und strich sich mit den Fingern durchs Haar. »Der Anfang. Jeden Tag bekam ich einen Brief von ihr, bis...«

»Das ist nicht der Anfang«, warf ich ein. »Wer ist sie? Was ist sie?«

»Sie ist Jeanne Delano!« rief er aus, überrascht, daß ich so unwissend sein konnte. »Und sie ist meine Verlobte. Und jetzt ist sie weg, und ich weiß, daß...«

Wieder fing er an, hysterisch Satzfetzen zu sprudeln – wie *»Opfer einer faulen Geschichte geworden«*, *»in eine Falle«* und so weiter.

Schließlich konnte ich ihn etwas beruhigen und brachte eine Geschichte aus ihm heraus, eingepackt in gelegentliche Gefühlsausbrüche, aus der sich im wesentlichen dies ergab:

Er war Dichter, dieser Burke Pangburn. Vor etwa zwei Monaten hatte er einen Brief bekommen – über die Adresse seines Verlags –, in dem eine Jeanne Delano ihn zu seinem letzten Versband beglückwünschte. Jeanne Delano lebte zufällig auch in San Francisco, ohne jedoch zu wissen, daß er ebenfalls dort wohnte. Er hatte ihren Brief beantwortet und einen weiteren bekommen. Nachdem dies ein Weilchen so gegangen war, trafen sie sich. Wenn sie wirklich so schön war, wie er behauptete, konnte man ihm nicht verübeln, daß er sich in sie verliebte. Aber ob sie nun wirklich schön war oder nicht, er hielt sie für schön und hatte sich schwer verknallt.

Dieses Delano-Mädchen lebte erst seit kurzem in San Francisco, und als der Dichter sie kennenlernte, bewohnte sie allein ein Apartment an der Ashbury Avenue. Er wußte weder, wo sie herkam, noch sonst etwas über ihr früheres Leben. Unbestimmte Äußerungen und sonderbare Verhaltensweisen ihrerseits – er konnte das nicht näher präzisieren – hatten den Verdacht in ihm geweckt, daß irgendeine dunkle Wolke über dem Mädchen hänge; daß weder ihre Vergangenheit noch ihr jetziges Leben frei sei von Schwierigkeiten. Aber er hatte nicht die leiseste Ahnung, was für Schwierigkeiten das sein könnten. Es hatte ihn auch nicht weiter gekümmert. Er wußte absolut nichts über sie, nur daß sie schön sei, daß er sie liebte und daß sie versprochen hatte, ihn zu heiraten. Dann, am Dritten des Monats – genau einundzwanzig Tage vor diesem Sonntagmorgen – hatte das Mädchen San Francisco plötzlich verlassen. Er hatte einen Brief von ihr bekommen, durch einen Boten.

Dieser Brief, den er mir erst zeigte, nachdem ich eisern darauf bestanden hatte, lautete:

Burkelove,

habe eben ein Telegramm erhalten und muß mit dem nächsten Zug nach Osten. Habe es versucht, konnte Dich aber telefonisch nicht erreichen. Schreibe Dir, sobald ich meine neue Adresse kenne. Wenn irgend etwas [diese drei Worte waren mehrmals durchgestrichen und nur sehr schwer zu entziffern.] *Behalte mich lieb, bis ich für immer wieder bei Dir bin,*

Deine JEANNE

Neun Tage später hatte er einen weiteren Brief von ihr bekommen, aus Baltimore, Maryland. Diesen in die Hand zu bekommen, kostete mich noch mehr Überredungskünste. Er lautete so:

Liebster Dichter,

es kommt mir vor wie zwei Jahre, seit ich Dich zuletzt sah, und ich fürchte, es wird noch ein bis zwei Monate dauern, bis ich Dich wiedersehen werde.

Ich kann Dir nicht erzählen, Liebster, warum ich hierher mußte. Es gibt Dinge, die man nicht schreiben kann. Aber sowie ich wieder bei Dir bin, werde ich Dir die ganze scheußliche Geschichte erzählen.

Wenn irgend etwas passieren sollte – ich meine, wenn mir etwas zustoßen sollte –, wirst Du mich immer lieb behalten, ja, Liebster? Aber das ist Unsinn, es wird schon nichts passieren. Ich komme gerade vom Zug und bin müde von der Fahrt.

Morgen schreibe ich Dir einen ganz langen Brief zum Ausgleich für diesen.

Meine Adresse hier ist 215 N. Stricker St. Bitte, mein Herr, jeden Tag mindestens einen Brief!

Die Deine, JEANNE

Neun Tage lang hatte er täglich einen Brief von ihr bekommen, am Montag zwei, um den fehlenden am Sonntag auszugleichen. Und dann waren keine Briefe mehr gekommen. Und die täglichen Briefe, die er ihr an die angegebene Adresse geschickt hatte – 215 N. Stricker Street –, waren zurückgeschickt worden mit dem Postvermerk »Empfänger unbekannt«. Er hatte telegrafiert, und die Telegrafengesellschaft hatte ihm mitgeteilt, daß das Amt in Baltimore nicht in der Lage gewesen sei, eine Jeanne Delano unter der Hausnummer 215 in der North Stricker Street ausfindig zu machen.

Drei Tage hatte er gewartet, stündlich damit rechnend, von dem Mädchen etwas zu hören, aber kein Wort war gekommen. Dann hatte er sich eine Fahrkarte nach Baltimore gekauft.

»Aber«, schloß er, »ich hatte Angst zu fahren. Ich weiß, daß sie in irgendwelchen Schwierigkeiten steckt – ich habe das im Gefühl –, aber ich bin nur ein dummer Poet. Mit derlei dunklen Geschichten komme ich nicht zurecht. Ich würde entweder überhaupt nichts finden oder, wenn ich zufällig doch auf die richtige Spur stieße, würde ich wahrscheinlich nur alles durcheinanderbringen, neue Komplikationen verursachen und ihr Leben womöglich noch mehr in Gefahr bringen. Ich kann nicht anfangen, da so herumzustümpern, ohne zu wissen, ob ich ihr nun helfe oder schade. Das ist eine Sache für einen Fachmann auf diesem Gebiet, und deswegen dachte ich an Ihre Agentur. Sie werden behutsam vorgehen, nicht wahr? Es kann sein – ich weiß es nicht –, daß sie gar keine Hilfe will. Vielleicht können Sie ihr ja helfen, ohne daß sie etwas davon merkt. Sie sind doch so Sachen gewöhnt, das können Sie noch, nicht?«

Ich überlegte hin und her, bevor ich ihm antwortete. Die zwei großen Schreckgespenste einer angesehenen Detektiv-Agentur sind Leute, die mit einer krummen Sache oder einer Scheidungsschnüffelei ankommen, die sie fein säuberlich in ein legitimes Gewand verpackt haben; und solche Personen, die – ohne etwas dafür zu können – unter Wahnvorstellungen leiden und aus einem Traum aufwachen wollen.

Dieser Dichter, der da vor mir saß und nervös seine langen weißen Finger rang, war, wie mir schien, durchaus aufrichtig. Was aber seine geistige Gesundheit betraf, so waren mir leise Zweifel gekommen.

»Mr. Pangburn«, sagte ich nach einer Weile, »ich würde diese Sache ja ganz gern für Sie in die Hand nehmen, aber ich bin mir nicht sicher, ob ich das machen kann. Die Continental Detektei hat ziemlich strenge Grundsätze, und wenn ich auch glaube, daß diese Sache astrein ist, so bin ich schließlich doch nur ein Angestellter und muß mich nach diesen Grundsätzen richten. Wenn Sie uns also die Referenz oder Bürgschaft irgendeiner Firma oder angesehenen Person bringen könnten – eines bekannten Anwalts etwa oder einer beliebigen, juristisch integren Partei –, so würden wir uns gern an die Arbeit machen. Andernfalls, fürchte ich...«

»Aber ich weiß, daß sie in Gefahr ist!« brach es aus ihm heraus. »Ich weiß es – und ich kann ihre mißliche Lage nicht an die große Glocke hängen, damit jeder weiß...«

»Tut mir leid, aber wenn Sie eine solche Bürgschaft nicht beibringen können, sehe ich mich außerstande, die Sache in Angriff zu nehmen.« Ich erhob mich. »Aber Sie finden genügend Detektiv-Agenturen, die da etwas großzügiger sind.«

Sein Mund arbeitete wie der eines kleinen Jungen, und er biß sich auf die Unterlippe. Einen Augenblick dachte ich, er würde in Tränen ausbrechen. Statt dessen sagte er langsam: »Wahrscheinlich haben Sie recht. Was wäre, wenn ich Sie auf meinen Schwager verwiese, Roy Axford? Würde sein Wort ausreichen?«

»Ja.«

Roy Axford – R. F. Axford – war ein Mann im Montangeschäft, der einen Finger in mindestens der Hälfte der großen Unternehmungen an der pazifischen Küste hatte, und sein Wort war im allgemeinen für alles und jeden eine hinreichende Gewähr.

»Wenn Sie gleich jetzt mit ihm in Verbindung treten«, sagte ich, »und für heute noch einen Besuch bei ihm arrangieren, würde ich ohne großen Zeitverlust anfangen können.«

Pangburn durchquerte das Zimmer und grub aus einem Haufen seiner Ziergegenstände ein Telefon aus. Innerhalb von ein bis zwei Minuten sprach er mit jemandem, den er »Rita« nannte.

»Ist Roy zu Hause? ... Wird er heute nachmittag da sein? ... Nein, aber du kannst ihm was ausrichten ... Sag ihm, daß ich ihm einen Herrn vorbeischicke, der ihn heute nachmittag in einer persönlichen Angelegenheit sprechen möchte – und zwar mich betreffend –, und daß ich ihm sehr dankbar wäre, wenn er tut, was ich möchte ... Ja ... Du erfährst es dann schon, Rita ... Ich möchte am Telefon nicht darüber sprechen ... Ja, danke!«

Er schob das Telefon wieder in sein Versteck zurück und wandte sich mir zu.

»Ab zwei ist er wieder zu Hause. Erzählen Sie ihm, was ich Ihnen erzählt habe, und wenn er irgendwelche Zweifel zu hegen scheint, soll er mich anrufen. Sie müssen ihm aber die ganze Geschichte erzählen, er weiß nämlich noch gar nichts von Miss Delano.«

»Schön. Doch bevor ich gehe, möchte ich eine Beschreibung von ihr.«

»Sie ist schön! Die schönste Frau der Welt!«

Das würde sich hübsch ausnehmen auf einem Fahndungsblatt.

»Das ist nicht gerade das, was ich brauche«, versuchte ich ihm klarzumachen. »Wie alt ist sie denn?«

»Zweiundzwanzig.«

»Größe?«

»Ungefähr eins-dreiundsiebzig, vielleicht ein bißchen mehr.«

»Schlank, normal oder mehr füllig?«

»Sie tendiert zur Schlankheit, aber sie ...«

Begeisterung kam auf in seiner Stimme, so daß ich fürchtete, er würde einen Vortrag halten, und so fiel ich ihm mit einer anderen Frage ins Wort.

»Was für eine Haarfarbe?«

»Braun – so dunkel, daß es fast schon schwarz ist – und es ist weich und dicht und ...«

»Ja, ja. Lang oder gestutzt?«

»Lang und dicht und ...«

»Welche Augenfarbe?«

»Sie haben schon Schatten auf poliertem Silber gesehen, wenn ...«

Ich schrieb hin *graue Augen* und setzte eilends die Befragung fort.

»Teint?«

»Vollkommen!«

»Ah-hm. Aber ist er hell oder dunkel, rosig oder blaß – oder wie?«

»Frisch.«

»Gesicht oval, viereckig, länglich und schmal – oder welche Form?«

»Oval.«

»Wie ist die Nase? Dick, schmal, stupsig ...«

»Schmal und ebenmäßig!« Ein Unterton der Entrüstung war in seiner Stimme.

»Wie hat sie sich gekleidet? Modisch? Bevorzugte sie bunte Farben oder dezente?«

»Schö ...« Und dann, als ich den Mund aufmachte, um ihn in eine andere Richtung zu lenken, kam er wieder auf den Teppich:

»Sehr dezente – gewöhnlich dunkle Blaus und Brauns.«

»Was für Schmuck trug sie?«

»Ich habe nie irgendwelchen Schmuck an ihr gesehen.«

»Irgendwelche Narben oder Muttermale?« Der entsetzte Ausdruck seines weißen Gesichts drängte mich, ihm eine Breitseite zu verpassen. »Oder Warzen oder Verunstaltungen, die Sie kennen?«

Er war sprachlos, aber es gelang ihm, den Kopf zu schütteln.

»Haben Sie eine Fotografie von ihr?«

»Ja, ich zeig sie Ihnen.«

Er sprang auf, schlängelte sich durch den überladenen Raum und verschwand durch eine verhängte Tür. Sofort war er wieder da, in den Händen eine große Fotografie in einem geschnitzten Elfenbeinrahmen. Es war eine von diesen künstlerischen Aufnahmen – so ein Ding mit Schatten und unscharfen Konturen –, nicht sehr geeignet für Identifikationszwecke. Das Mädchen war schön, unbestreitbar, aber das hieß nicht viel; das ist ja die Absicht einer künstlerischen Aufnahme.

»Ist das die einzige, die Sie haben?«

»Ja.«

»Ich werde sie mir ausleihen müssen, aber Sie kriegen sie wieder, sowie ich meine Kopien davon habe.«

»Nein! Nein!« lehnte er sich dagegen auf, die Dame seines Herzens einer Meute von Spürhunden zu überlassen. »Das wäre furchtbar!«

Ich kriegte sie schließlich, aber es kostete mich mehr Worte, als ich normalerweise für eine Nebensache zu verschwenden bereit bin.

»Ich möchte mir auch ein paar von ihren Briefen ausleihen oder irgend etwas in ihrer Handschrift«, sagte ich.

»Wozu?«

»Um Fotokopien davon machen zu lassen. Handschriftenproben sind recht nützlich – man hat damit etwas, was man mit Eintragungen in Hotelregistern vergleichen kann. Und dann machen sich die Leute – selbst wenn sie unter erfundenen Namen leben – ja hin und wieder Notizen oder schreiben sonst irgend etwas auf.«

Wir fochten einen weiteren Kampf aus, aus dem ich mit drei Briefumschlägen und zwei bedeutungslosen Blättern Papier als Sieger hervorging; alles mit der eckigen Handschrift des Mädchens.

»Hat sie viel Geld?« fragte ich, als ich die erstrittene Fotografie samt den Handschriftenproben sicher in der Tasche verstaut hatte.

»Ich weiß nicht. In so etwas steckt man seine Nase nicht gerne hinein. Arm war sie nicht; das heißt, sie brauchte nicht auf jeden Penny zu schauen. Aber ich habe nicht die geringste Idee, wie hoch ihr Einkommen ist oder woher sie es bezieht. Sie hatte ein Konto bei der Golden Gate Trust Company, doch über dessen Stand weiß ich natürlich nichts.«

»Viele Freunde hier?«

»Das ist wieder etwas, was ich nicht weiß. Ich denke schon, daß sie hier einen Bekanntenkreis hatte, aber wer das ist, weiß ich nicht. Sehn Sie, wenn wir zusammen waren, haben wir immer nur über uns gesprochen. Wir hatten nur für einander Interesse, für niemanden sonst. Wir waren einfach ...«

»Haben Sie denn keinerlei Vermutung, wo sie herkam, wer sie war?«

»Nein. Diese Dinge waren mir unwichtig. Sie war Jeanne Delano, und das war mir genug.«

»Hatten Sie und Miss Delano je irgendwelche gemeinsamen finanziellen Interessen? Transaktionen oder so?«

Was ich meinte, war natürlich, ob sie ihn angepumpt hatte, ihm etwas verkauft hatte oder sonst irgendwie Geld aus ihm herausgeholt hatte.

Er sprang auf, und sein Gesicht wurde aschfahl. Dann setzte er sich – ließ sich hinsacken – und wurde krebsrot.

»Verzeihen Sie«, sagte er mit belegter Stimme. »Sie kannten sie nicht und müssen die Sache natürlich von allen Seiten betrachten. Nein, es gab nichts dergleichen. Ich fürchte, Sie werden Zeit verschwenden, wenn Sie auf der Theorie aufbauen wollen, daß sie eine Abenteurerin war. Es gab nichts dergleichen! Sie war ein Mädchen, über dem etwas Schreckliches hing; etwas, was sie plötzlich nach Baltimore rief; etwas, was sie mir weggenommen hat. Geld? Was könnte Geld damit zu schaffen haben? Ich liebe sie!«

R. F. Axford empfing mich in einem büroartigen Raum in seiner Residenz auf dem Russian Hill. Ein großer blonder Mann, dessen achtundvierzig oder neunundvierzig Jahre seinem Athletenkörper nicht viel anzuhaben vermocht hatten. Ein großer, vollblütiger Mann mit dem Benehmen dessen, der viel Selbstvertrauen hat; und das nicht unbegründet. »Was hat unser Burke denn nun wieder angestellt?« fragte er amüsiert, als ich ihm sagte, wer ich sei. Seine Stimme war ein angenehm sonorer Baß.

Ich erzählte ihm nicht alles bis ins Kleinste.

»Er hatte vor, eine Jeanne Delano zu heiraten, die vor etwa drei Wochen nach Osten fuhr und dann plötzlich verschwunden war. Er weiß sehr wenig über sie; meint, daß ihr etwas zugestoßen ist; und will sie suchen lassen.«

»Schon wieder?« Seine klugen blauen Augen zwinkerten. »Und eine Jeanne sollte es sein diesmal! Meines Wissens ist sie die fünfte innerhalb eines Jahres, und bestimmt sind mir noch eine oder zwei entgangen, während ich auf Hawaii war. Aber wo komme ich da ins Spiel?«

»Ich bat ihn, mir einen möglichen Bürgen zu nennen, jemanden, der die Verantwortung noch mittragen könnte. Ich glaube wohl, daß er in Ordnung ist, aber strenggenommen ist er nicht gerade ein Mensch, der mir sehr verantwortungsbewußt zu sein scheint. Er verwies mich an Sie.«

»Sie haben recht damit, daß er – strenggenommen – kein sehr verantwortungsbewußter Mensch ist.« Nachdenklich schob der große Mann Augen und Mund einen Moment in die Höhe. Dann: »Meinen Sie, daß dem Mädchen wirklich etwas zugestoßen ist? Oder bildet Burke sich das nur ein?«

»Ich weiß nicht. Zuerst hielt ich es für ein Hirngespinst. Aber in einigen ihrer Briefe finden sich Hinweise darauf, daß irgend etwas nicht so ganz mit rechten Dingen zuging.«

»Dann könnten Sie doch anfangen mit Ihrer Suche«, sagte Axford. »Ich glaube nicht, daß irgendein Schaden daraus erwächst, wenn wir ihn seine Jeanne zurückhaben lassen. Wenigstens wird ihm das für eine Weile Stoff zum Nachdenken geben.«

»Ich habe also Ihr Wort, Mr. Axford, daß es im Zusammenhang mit dieser Sache zu keinem Skandal oder etwas dergleichen kommt?«

»Ja, ich verbürge mich dafür! Burke ist schon in Ordnung, wissen Sie. Er ist halt nur verwöhnt. Seit seiner Geburt ist er gesundheitlich sehr anfällig gewesen; und dann hat er ein Einkommen, das ihm erlaubt, anständig zu leben – ein bißchen mehr sogar noch, so daß er Versbändchen drucken lassen und sich Kinkerlitzchen für seine Wohnung anschaffen kann. Er nimmt sich selber ein bißchen zu wichtig – kehrt zu sehr den Poeten heraus –, aber im Grunde ist er gesund.«

»Dann fang ich also an«, sagte ich und stand auf. »Übrigens, das Mädchen hat ein Konto bei der Golden Gate Trust Company, und ich möchte soviel wie möglich darüber in Erfahrung bringen, vor allem, wo ihr Geld herkam. Clement, der Kassenführer, ist ein Muster an Zurückhaltung, wenn es um Auskünfte über Konteninhaber geht. Wenn Sie ein Wort für mich einlegen könnten, würde mir das den Weg ebnen.«

»Aber gern.«

Er schrieb ein paar Zeilen auf die Rückseite einer Visitenkarte und gab sie mir. Und indem ich versprach, mich an ihn zu wenden, falls ich weiterer Hilfe bedürfe, ging ich.

Ich verständigte Pangburn telefonisch, daß sein Schwager der Sache seine Zustimmung gegeben hatte. Unserer Zweigstelle in Baltimore gab ich telegrafisch die Informationen durch, die ich hatte. Dann fuhr ich hoch zur Ashbury Avenue und fand das Apartmenthaus, in dem das Mädchen gewohnt hatte.

Die Hauswartsstelle hatte eine kolossale Mrs. Clute, die, wenn überhaupt, nur wenig mehr über das Mädchen wußte als Pangburn. Das Mädchen hatte zweieinhalb Monate dort gewohnt. Gelegentlich hatte sie Besuch gehabt, aber Pangburn war der einzige, den Mrs. Clute mir beschreiben konnte. Am Dritten des Monats hatte das Mädchen die Wohnung aufgegeben; mit der Begründung, sie müsse nach Osten. Sie hatte Mrs. Clute gebeten, ihr die Post aufzuheben und nachzuschicken, wenn sie ihre neue Adresse mitgeteilt habe. Zehn Tage später hatte Mrs. Clute von dem Mädchen eine Karte mit der neuen Adresse bekommen – 215 N. Stricker Street, Baltimore, Maryland. Es war keine Post nachzuschicken gewesen.

Wichtig von dem, was ich in dem Apartmenthaus erfuhr, war allein, daß die zwei Koffer des Mädchens von einem grünen Transporter abgeholt worden waren. Grün war die Farbe einer der größten Transportfirmen der Stadt.

Ich fuhr dann zu dem Büro dieser Transportfirma und traf dort auf einen befreundeten Angestellten. (Ein Detektiv, wenn er klug ist, scheut keine Mühe, unter Angestellten von Transport- und Speditionsfirmen sowie unter Eisenbahnern so viel Freundschaften wie möglich zu schließen und zu pflegen.) Als ich das Büro verließ, hatte ich die Kontrollnummern der Transportfirma notiert und wußte, in welchen Raum der Gepäckabfertigung auf dem Bahnhof die zwei Koffer gebracht worden waren.

Mit dieser Information konnte ich bei der Gepäckabfertigung nach wenigen Minuten erfahren, daß die Koffer nach Baltimore aufgegeben worden waren. Ich schickte ein zweites Telegramm an unsere Zweigstelle in Baltimore, in dem ich die Kontrollnummern des Bahntransports mitteilte.

Inzwischen war der Sonntag in die Nacht fortgeschritten, und so machte ich Schluß und fuhr heim.

Eine halbe Stunde, bevor die Golden Gate Trust Company am nächsten Morgen für den Kundenverkehr aufmachte, war ich schon drin und sprach mit Clement, dem Kassenführer. Die gesamte traditionelle Vorsicht und der Konservativismus aller Bankleute zusammengenommen waren ein Klacks im Vergleich zu dem, was dieser schwerfällige, weißhaarige alte Herr gewöhnlich an den Tag legte. Aber ein Blick auf Axfords Karte mit dem auf der Rückseite in Tinte geschriebenen Vermerk *»Bitte geben Sie dem Überbringer jede mögliche Unterstützung«* erweckte in Clement sogar Diensteifer.

»Sie haben oder hatten hier ein Konto auf den Namen Jeanne Delano«, sagte ich. »Darüber würde ich gern so viel wie möglich wissen – wem sie Schecks ausgestellt hat und in welchen Höhen; vor allem aber liegt mir daran zu erfahren, wo ihr Geld herkam.«

Mit einem rosigen Finger drückte er auf einen der Perlknöpfe auf seinem Tisch, und lautlos glitt ein Junge mit gewichstem Blondhaar in den Raum. Mit Bleistift kritzelte der Kassenführer etwas auf ein Stück Papier und gab es dem leisen Burschen, der verschwand. Gleich darauf war er wieder da und legte dem Kassenführer eine Handvoll Papiere auf den Tisch.

Clement sah die Papiere durch und blickte dann zu mir auf.

»Miss Delano wurde hier am Sechsten des vergangenen Monats durch Mr. Burke Pangburn eingeführt und eröffnete ein Konto mit achthundertfünfzig Dollar, die sie in bar einzahlte. Danach machte sie folgende Einzahlungen: vierhundert Dollar am Zehnten; zweihundertfünfzig Dollar am Einundzwanzigsten; dreihundert am Sechsundzwanzigsten; zweihundert am Dreißigsten; und zwanzigtausend Dollar am Zweiten dieses Monats. Alle diese Einlagen, bis auf die letzte, wurden bar eingezahlt. Die letzte war ein Scheck.«

Er reichte ihn mir – ein Scheck der Golden Gate Trust Company.

Zahlen Sie gegen diesen Scheck aus meinem Guthaben zwanzigtausend Dollar an Jeanne Delano.
(Unterschrift) *BURKE PANGBURN*

Datiert war er vom Zweiten des Monats.

»Burke Pangburn!« rief ich aus, ein bißchen blöde. »Hat er öfter Schecks in solcher Höhe ausgestellt?«

»Ich glaube nicht. Aber wir werden sehn.«

Wieder drückte er auf den Perlknopf, ließ seinen Bleistift über ein anderes Stück Papier huschen, und der Bursche mit dem gewichsten Blondhaar machte erneut seinen lautlosen Auftritt, Abtritt, Auftritt und Abtritt.

Der Kassenführer sah den neuen Stoß Papiere durch, die ihm gebracht worden waren.

»Am Ersten des Monats zahlte Mr. Pangburn zwanzigtausend Dollar ein – einen Scheck zu Lasten von Mr. Axfords Konto bei uns.«

»Und wie sieht's jetzt aus mit den Abhebungen von Miss Delano?« fragte ich.

Er nahm wieder die Papiere zur Hand, die mit ihrem Konto zu tun hatten.

»Die Kontoauszüge und Scheckunterlagen vom letzten Monat sind ihr noch nicht zugegangen; alles ist hier. Ein Scheck über fünfundachtzig Dollar an H. K. Clute am Fünfzehnten vergangenen Monats. Ein Barscheck über dreihundert Dollar am Zwanzigsten; noch einer über hundert Dollar am Fünfundzwanzigsten. Diese Schecks hat sie offenbar beide hier eingelöst. Am Dritten dieses Monats löste sie ihr Konto auf, mit einem Scheck an sich selbst, und zwar über einundzwanzigtausend fünfhundertundfünfzehn Dollar.«

»Und dieser Scheck?«

»Wurde hier von ihr eingelöst.«

Ich zündete mir eine Zigarette an und ließ mir diese Zahlen durch den Kopf gehen. Keine davon erschien mir besonders wichtig – bis auf die, die an Pangburns und Axfords Unterschriften geknüpft waren. Der Scheck für Mrs. Clute – der einzige, den das Mädchen jemand anderem ausgestellt hatte – war so gut wie sicher die Begleichung der Miete gewesen.

»Die Sache sieht also so aus«, faßte ich laut zusammen. »Am Monatsersten reichte Pangburn Axfords Scheck über zwanzigtausend Dollar ein. Am nächsten Tag stellte er Miss Delano über diesen Betrag einen Scheck aus, den sie einreichte. Am folgenden Tag löste sie ihr Konto auf und hob eine Summe zwischen einundzwanzig- und zweiundzwanzigtausend Dollar in bar ab.«

»Genau«, sagte der Kassenführer.

Bevor ich zu den Glenton-Apartments hinauffuhr, um herauszufinden, warum Pangburn mir hinsichtlich der zwanzigtausend Dollar keinen reinen Wein eingeschüttet hatte, schaute ich in der Agentur vorbei, um nachzusehen, ob irgendeine Nachricht aus Baltimore gekommen wäre. Einer der Angestellten hatte gerade ein Telegramm entschlüsselt. Es lautete:

Gepäck am Achten Mt. Royal Station eingetroffen. Am selben Tag abgeholt. Spur verloren. 215 North Stricker Street ist Waisenhaus von Baltimore. Mädchen dort nicht bekannt. Setzen Suche nach ihr fort.

Als ich gerade wegging, kam der Alte vom Essen. Ich ging kurz mit ihm in sein Büro zurück.

»Haben Sie sich mit Pangburn getroffen?« fragte er.

»Ich bearbeite seine Sache jetzt – aber ich glaube, es wird 'ne Pleite.«

»Worum geht es?«

»Pangburn ist der Schwager von R. F. Axford. Vor zwei Monaten hat er ein Mädchen kennengelernt und sich in sie verknallt. Sie wächst sich zu 'ner ganz schön fleißigen Biene aus. Und er weiß nichts über sie. Am Ersten des Monats hat er von seinem Schwager zwanzigtausend Dollar gekriegt und sie dem Mädchen weitergegeben. Sie ist verduftet; hat ihm erzählt, sie sei nach Baltimore gerufen worden, und hat ihm 'ne falsche Adresse angegeben, die, wie sich jetzt herausstellt, der Sitz eines Waisenhauses ist. Sie hat ihre Koffer nach Baltimore aufgegeben und ihm von dort ein paar Briefe geschickt – aber um das Gepäck kann sich ein Freund gekümmert haben, der dort vielleicht auch ihre Briefe in den Kasten gesteckt hat. Sie würde natürlich eine Fahrkarte gebraucht haben, um an die Koffer zu kommen, aber bei einem Zwanzigtausend-Dollar-Spiel wär das ja keine große Ausgabe. Und Pangburn hat mir was verheimlicht; kein Wort von dem Geld. Ich schätze, er schämt sich, daß er so leicht einzuwickeln war. Ich werde da jetzt mal auf'n Busch klopfen bei ihm.«

Der Alte lächelte sein mildes Lächeln, das alles bedeuten konnte und nichts, und ich ging.

Zehn Minuten Klingeln an Pangburns Tür brachten keine Antwort. Der Fahrstuhlführer sagte mir, seiner Meinung nach sei Pangburn die Nacht über nicht zu Hause gewesen. Ich warf eine Nachricht in seinen Kasten und fuhr hinunter zur Bahnhofsverwaltung, wo ich arrangierte, daß man mich verständigte, falls eine unbenutzte Fahrkarte nach Baltimore zur Fahrgeldrückerstattung eingereicht würde.

Das getan, fuhr ich hoch zur Redaktion des *Chronicle,* sah im Archiv die Wetterberichte des vergangenen Monats durch und notierte mir vier Daten, an denen es Tag und Nacht ständig geregnet hatte. Mit diesen Daten in der Tasche begab ich mich zu den Büros der drei größten Taxi-Unternehmen.

Das war ein bewährter Trick von mir. Das Apartment des Mädchens lag ein ganzes Stück von der Straßenbahnlinie entfernt, und ich baute darauf, daß sie an einem dieser Regentage außer Hause gewesen war oder Besuch gehabt hatte. In jedem Fall war es sehr wahrscheinlich, daß sie – oder ihr Besuch – lieber ein Taxi genommen hatte, als durch den Regen zur Straßenbahn zu gehen. Und aus den Tagesberichten der Taxifirmen würde sich entnehmen lassen, ob von ihr aus angerufen worden war und welche Ziele etwaige Fahrgäste angegeben hatten.

Ideal wäre es natürlich gewesen, die Berichte für die gesamte Zeit durchsehen zu lassen, die das Mädchen in dem Apartment bewohnt hatte; aber einen solchen Haufen Arbeit hätte eine Taxifirma sich nur aufhalsen lassen, wenn es um Leben oder Tod gegangen wäre. Es war schon schwer genug, sie zu überreden, mir für die vier Tage, die ich herausgesucht hatte, einen Angestellten freizugeben.

Als ich mit der letzten Taxifirma fertig war, rief ich noch einmal bei Pangburn an, aber er war noch immer nicht zu Hause. Ich telefonierte mit Axfords Wohnsitz, weil ich dachte, der Dichter habe die letzte Nacht vielleicht dort verbracht, aber wie ich hörte, hatte er das nicht getan.

Am Spätnachmittag bekam ich meine Kopien von dem Foto und den handschriftlichen Unterlagen des Mädchens und steckte davon je ein Exemplar in einen Umschlag nach Baltimore. Dann machte ich wieder die Runde bei den drei Taxifirmen und ließ mir berichten. Zwei von ihnen hatten nichts für mich. Die Berichte der dritten wiesen zwei Anrufe vom Apartment des Mädchens auf.

An einem regnerischen Nachmittag war ein Taxi gerufen worden, und ein Fahrgast war zu den Glenton-Appartments gebracht worden. Dieser Fahrgast mußte entweder das Mädchen gewesen sein oder Pangburn. Um halb eins eines Nachts war ein anderer Anruf gekommen, und dieser Fahrgast war zum Hotel Marquis gebracht worden.

Der Fahrer, der diesem zweiten Anruf gefolgt war, erinnerte sich undeutlich daran, als ich ihn befragte, aber er meinte, seine Fuhre sei ein Mann gewesen. Ich ließ die Sache erst einmal auf sich beruhen. Das Marquis ist für die Verhältnisse in San Francisco kein großes Hotel, aber es ist doch wieder zu groß dazu, es nach einem bestimmten Gast, den ich mir vorknöpfen wollte, durchzukämmen.

Den Abend über versuchte ich Pangburn zu erreichen – ohne Erfolg. Um elf rief ich Axford an und fragte ihn, ob er irgendeine Ahnung habe, wo ich seinen Schwager finden könnte.

»Habe ihn schon ein paar Tage nicht gesehn«, sagte der Millionär. »Er sollte gestern abend zu uns zum Essen kommen, hat sich aber nicht blicken lassen. Meine Frau hat heute ein paarmal versucht, ihn telefonisch zu erreichen, aber es war nichts zu machen.«

Am nächsten Morgen rief ich bei Pangburn zu Hause an, noch bevor ich aufgestanden war, und bekam keine Verbindung.

Dann rief ich Axford an und verabredete mich mit ihm um zehn in seinem Büro.

»Ich weiß nicht, wo er jetzt wieder hinterher ist«, sagte Axford gutgelaunt, als ich ihm erzählte, Pangburn sei offenbar seit Sonntag nicht zu Hause gewesen, »und ich schätze, die Chance, ihn aufzustöbern, ist ziemlich gering. Wenn unser Burke nicht herumsausen kann, ist er's nicht. Und wie kommen Sie voran bei Ihrer Suche nach der Jungfer in Trauer?«

»Bis jetzt weit genug, um überzeugt zu sein, daß sie sich die Trennung gar nicht so sehr zu Herzen nimmt. Einen Tag vor ihrem Verschwinden hat sie von Ihrem Schwager zwanzigtausend Dollar bekommen.«

»Zwanzigtausend Dollar von Burke? Sie muß wirklich ein phantastisches Mädchen sein! Möchte nur wissen, wo er soviel Geld hergekriegt hat.«

»Von Ihnen.«

Axfords muskulöser Körper straffte sich in seinem Sessel. »Von mir?«

»Ja – Ihr Scheck.«

»Nicht von mir.«

Seine Stimme hatte nichts Rechthaberisches; er stellte schlicht eine Tatsache fest.

»Sie haben ihm am Ersten keinen Scheck über zwanzigtausend Dollar ausgestellt?«

»Nein.«

»Dann«, schlug ich vor, »fahren wir besser mal schnell rüber zur Golden Gate Trust Company.«

Zehn Minuten später waren wir in Clements Büro.

»Ich möchte meine eingelösten Schecks sehen«, sagte Axford zu dem Kassenführer.

Der Bursche mit dem gewichsten Blondhaar brachte sie sogleich herein – ein dickes Bündel –, und Axford blätterte sie rasch durch, bis er auf den gesuchten stieß. Er betrachtete ihn lange und eingehend, und als er dann zu mir aufsah, schüttelte er langsam und entschieden den Kopf.

»Den habe ich vorher noch nie gesehn.«

Clement wischte sich mit einem weißen Taschentuch die Stirn und versuchte so zu tun, als würde er nicht vor Neugier vergehen und keine Angst haben, daß seine Bank reingelegt worden sein könnte.

Der Millionär drehte den Scheck um und blickte auf das Indossament.

»Von Burke eingereicht«, sagte er wie jemand, der an etwas ganz anderes denkt, »am Ersten.«

»Könnten wir mit dem Kassenbeamten sprechen, der den von Miss Delano eingereichten Zwanzigtausend-Dollar-Scheck angenommen hat?« fragte ich Clement.

Mit nervösem rosigem Finger drückte er auf einen der Perlknöpfe seines Tisches, und nach ein bis zwei Minuten kam ein kleiner bleicher Mann mit Kahlkopf herein.

»Erinnern Sie sich, vor ein paar Wochen von Miss Jeanne Delano einen Scheck über zwanzigtausend Dollar angenommen zu haben?« fragte ich ihn.

»Ja, Sir! Ja, Sir! Genau.«

»An was im einzelnen erinnern Sie sich da?«

»Nun, Sir, Miss Delano kam mit Mr. Burke Pangburn an meinen Schalter. Es war ein Scheck von ihm. Mir schien, daß er da für seine Verhältnisse einen ziemlich hohen Betrag abheben wollte, aber die Kontoführung sagte, er habe genug Geld auf seinem Konto, so daß der Scheck gedeckt sei. Sie standen da – Miss Delano und Mr. Pangburn – und redeten und lachten, während ich die Summe in ihr Buch eintrug, und dann gingen sie, und das war alles.«

»Dieser Scheck«, sagte Axford langsam, als der Kassenbeamte wieder in seinen Verschlag gegangen war, »ist gefälscht. Aber ich komme dafür selbstverständlich auf. Damit ist die Sache erledigt, Mr. Clement, und es darf kein großes Getue mehr deswegen gemacht werden.«

»Gewiß, Mr. Axford. Gewiß.«

Clement war nur noch riesig erleichtertes Lächeln und eifriges Kopfnicken, so selig war er, die Zwanzigtausend-Dollar-Last von den Schultern seiner Bank zu haben.

Axford und ich verließen dann die Bank und stiegen in sein Coupé, in dem wir von seinem Büro hergekommen waren. Aber er startete den Motor nicht sofort. Eine Weile saß er da und starrte mit nichts sehenden Augen auf den Verkehr der Montgomery Street.

»Ich möchte, daß Sie Burke finden«, sagte er jetzt, und seine Baßstimme war ohne jede Emotion. »Ich möchte, daß Sie ihn finden, ohne auch nur einen Hauch von Skandal zu riskieren. Wenn meine Frau von all dem wüßte – das darf sie nicht. Sie hält ihren Bruder für einen auserwählten Leckerbissen. Ich möchte, daß Sie ihn mir ausfindig machen. Das Mädchen spielt keine Rolle mehr, aber wo Sie den einen finden, werden Sie wahrscheinlich auch den andern finden. Das Geld interessiert mich nicht, und Sie sollen auch keine besonderen Anstrengungen machen, es zurückzukriegen. Ich fürchte, das würde wohl auch kaum möglich sein, ohne Aufsehen zu erregen. Ich möchte, daß Sie Burke finden, bevor er noch was anderes anstellt.«

»Wenn Sie falsche Publicity vermeiden wollen«, sagte ich, »fahren Sie am besten, wenn Sie erst einmal für die richtige sorgen. Geben wir Vermißtenanzeigen auf, füllen wir die Zeitungen mit seinen Fotos und so weiter. Man wird ihn groß rausbringen. Er ist Ihr Schwager, und er ist ein Dichter. Wir können sagen, daß er krank gewesen ist – Sie haben mir erzählt, er habe schon immer eine schwächliche Gesundheit gehabt –, und daß wir fürchten, er sei irgendwo tot umgefallen oder leide unter irgendeiner Art geistiger Verwirrung. Das Mädchen oder das Geld zu erwähnen, ist dabei gar nicht nötig, und unsere Erklärung kann die Leute – vor allem Ihre Frau – davon abhalten, auf die Wahrheit zu kommen, wenn die Tatsache, daß er vermißt wird, an die Öffentlichkeit durchsickert; und irgendwie muß das durchsickern.«

Zuerst gefiel ihm meine Idee nicht, aber schließlich kriegte ich ihn herum.

Dann fuhren wir hoch zu Pangburns Apartment, in das wir ohne Schwierigkeit Zutritt bekamen, nachdem Axford erklärt hatte, wir hätten eine Verabredung mit ihm und wollten dort auf ihn warten. Ich suchte die Zimmer Zoll für Zoll ab, spähte in jedes Loch, jede Ritze und Vertiefung; las alles, was ich an Geschriebenem fand, sogar seine Manuskripte; und fand nichts, was sein Verschwinden irgendwie erhellt hätte.

Ich bediente mich mit Fotos von ihm – steckte mir von dem Dutzend oder mehr, die da waren, fünf ein. Axford meinte, aus dem Packraum scheine nichts von den Reisetaschen und Koffern des Dichters zu fehlen. Sein Sparbuch von der Golden Gate Trust Company konnte ich nicht finden.

Den Rest des Tages verbrachte ich damit, die Zeitungen mit dem zu füttern, was wir für sie vorgesehen hatten; und sie rollten meinem Ex-Klienten den roten Teppich aus: Schlagzeilen auf Titelseiten, Fotos, alle möglichen Versionen seines Ausbleibens. Jeder, der in San Francisco nicht wußte, daß Burke Pangburn – der Schwager von R. F. Axford und Autor von *Sandpatches and Other Verse* – vermißt wurde, konnte entweder nicht lesen oder wollte nicht.

Diese Reklame blieb nicht ohne Wirkung. Schon am nächsten Morgen fluteten aus allen Richtungen die Meldungen an – von Dutzenden von Leuten, die den vermißten Dichter an Dutzenden von Orten gesichtet hatten. Einige dieser Meldungen sahen ganz vielversprechend aus – oder wenigstens nicht unmöglich –, aber der größte Teil war schon bei oberflächlichem Hinsehen lächerlich.

Nachdem ich einem der Hinweise, der bis zum Schluß gut ausgesehen hatte, vergeblich nachgegangen war, kehrte ich zurück zur Agentur und fand dort die Nachricht vor, daß ich Axford anrufen solle.

»Können Sie gleich mal bei mir im Büro vorbeikommen?« fragte er, als ich ihn am Apparat hatte.

Ein Bursche von ein- oder zweiundzwanzig war bei Axford, als ich in sein Büro geführt wurde – der Typ des schmalbrüstigen, flotten Bürohopsers aus dem Modejournal.

»Das ist Mr. Fall, einer meiner Angestellten«, sagte Axford zu mir. »Er behauptet, Burke Sonntagabend gesehen zu haben.«

»Wo?« fragte ich Fall.

»Er ging gerade in ein Rasthaus in der Nähe der Halfmoon Bay.«

»Sie sind sicher, daß er es war?«

»Absolut sicher! Ich habe ihn oft genug hier in Mr. Axfords Büro kommen sehen, um ihn zu kennen. Er war es ganz bestimmt.«

»Und wie kam es, daß Sie ihn gesehn haben?«

»Ich kam mit ein paar Freunden von weiter unten die Küste hoch, und wir machten halt an dem Rasthaus, um was zu essen. Als wir weggingen, fuhr ein Wagen vor, und Mr. Pangburn und ein Mädchen oder eine Frau – ich achtete nicht besonders auf sie – stiegen aus und gingen hinein. Ich habe mir nichts weiter dabei gedacht, bis ich gestern abend in der Zeitung las, daß man ihn seit Sonntag nicht mehr gesehen habe. Und da dachte ich mir, daß ...«

»Welches Rasthaus war das?« unterbrach ich ihn.

»Das White Shack.«

»Wann ungefähr?«

»Irgendwann zwischen halb zwölf und Mitternacht, glaub ich.«

»Hat er Sie gesehn?«

»Nein. Ich saß schon in unserm Wagen, als er vorfuhr.«

»Wie hat die Frau ausgesehen?«

»Ich weiß nicht. Ihr Gesicht hab ich nicht gesehn, und was sie anhatte oder auch nur, ob sie klein oder groß war, weiß ich nicht mehr.«

Das war alles, was Fall mir erzählen konnte. Wir komplimentierten ihn aus dem Büro, und ich benutzte Axfords Telefon, um »Wop« Healeys Kneipe in North Beach anzurufen und die

Nachricht zu hinterlassen, wenn »Porky« Grout hereinkäme, solle er »Jack« anrufen. Das war eine stehende Abmachung, mittels derer ich Porky jederzeit wissen lassen konnte, daß ich ihn sprechen wollte, ohne daß jemand darauf kommen konnte, daß eine Verbindung zwischen uns bestand.

»Kennen Sie das White Shack?« fragte ich Axford, als ich fertig war.

»Ich weiß, wo es ist, aber sonst weiß ich nichts darüber.«

»Nun, es ist ein ziemlich heißes Loch. Inhaber ist ›Blechstern‹ Joplin, ein Ex-Ganove, der seine Gewinne in dem Laden investierte, seit die Prohibition die Rasthäuser zu einem einträglichen Geschäft macht. Der holt da jetzt mehr Geld raus, als er in seinen bescheidenen Geldschrankknackertagen je zu Gesicht gekriegt hat. Der Schnapsausschank ist bei ihm nur ein Nebenverdienst. Seinen Hauptprofit macht er damit, daß er als Verteilerstation für den Schnaps fungiert, der über die Halfmoon Bay dann an andere Bestimmungspunkte weitergeht. Man munkelt, daß die Hälfte des gesamten Alkohols, den die pazifische Rumflotte an Land bringt, in der Halfmoon Bay abgesetzt wird. Das White Shack ist also ein heißes Loch und nicht der Ort, wo Ihr Schwager sich rumtreiben sollte. Ich kann da selber nicht hinkommen, ohne irgendwelche Dinge aufzurühren; Joplin und ich sind alte Bekannte. Aber ich habe einen Mann, den ich da ein paar Nächte reinstecken kann. Pangburn verkehrt da vielleicht regelmäßig, vielleicht hat er da sogar eine Bleibe. Er wäre nicht der erste, dem Joplin Unterschlupf gewährt. Ich werde meinen Mann jedenfalls mal 'ne Woche in dem Laden postieren und sehn, was der rauskriegen kann.«

»Die Sache liegt ganz in Ihren Händen«, sagte Axford.

Von Axfords Büro aus fuhr ich sofort zu mir, ließ die Wohnungstür unverschlossen und setzte mich hin, um auf Porky Grout zu warten. Nach anderthalb Stunden Warten drückte er die Tür auf und kam herein. »Hallo, wie steht's?« Großspurig schob er zu einem Sessel, lehnte sich darin zurück, legte die Füße auf den Tisch und griff nach einem Päckchen Zigaretten, das dort lag.

Das war Porky Grout. Ein teiggesichtiger Mann in den Dreißigern, weder groß noch klein, immer pompig gekleidet – wenn auch manchmal schmutzig – und stets bemüht, ein Hasenherz hinter breitem Auftreten, polternder Redeweise und übertriebenem Zurschaustellen von Selbstsicherheit zu verbergen.

Aber ich kannte ihn schon drei Jahre, und so ging ich jetzt durchs Zimmer und stieß seine Füße so grob vom Tisch, daß er fast hintenüber gekippt wäre.

»Was soll das denn?« Er kam auf die Füße, geduckt und knurrend. »Wo hast'n *die* Manieren her? Willste einen in die ...«

Ich machte einen Schritt auf ihn zu. Er sprang zurück, durchs halbe Zimmer.

»Och, ich hab's doch nich so gemeint. War ja nur Spaß!«

»Halt's Maul und setz dich«, riet ich ihm.

Ich kannte diesen Porky Grout seit drei Jahren, benutzte ihn schon fast ebenso lang und wußte nichts, aber auch nichts, was ich zu seinen Gunsten hätte sagen können. Er war ein Feigling. Er war ein Lügner. Er war ein Dieb, und er war ein Rauschgiftsüchtiger. Er war ein Verräter an Leuten seines eigenen Schlages, und auch seine Auftraggeber täuschte er, wenn sie nicht aufpaßten. Ein schöner Vogel, von dem ich da was wollte! Aber das Aufdecken von Verbrechen ist ein schweres Geschäft, und man benutzt jedes Werkzeug, das man zur Hand hat. Dieser Porky war ein nützliches Werkzeug, wenn man ihn richtig anfaßte, das heißt, man durfte die Hand nicht von seiner Gurgel lassen, und jede kleine Information, die er anbrachte, mußte überprüft werden.

Seine Feigheit war – für meinen Zweck – sein größtes Plus. Er war im gesamten kriminellen Lager berüchtigt dafür; und obgleich niemand – Gangster oder nicht – auf den Gedanken kam, er wäre ein Mensch, dem man trauen könne, mißtraute man ihm trotzdem eigentlich nicht. Die meisten seiner Kollegen hielten ihn für zu feige, um wirklich gefährlich sein zu können. Sie dachten, er habe zu große Angst, um sie zu verraten; Angst vor der geballten Rache, mit der die Unterwelt den heimsucht, der singt. Aber sie unterschätzten Porkys Gabe, sich selber einzureden, er sei ein Kerl mit einem Löwenherz – wenn keine Gefahr drohte. Und so konnte er sich nach Belieben frei bewegen und sich sehen lassen, wohin ich ihn schickte, und er brachte mir kleine Informationen, an die anders nicht heranzukommen war.

Fast drei Jahre hatte ich ihn mit beträchtlichem Erfolg benutzt, indem ich ihn gut bezahlte und unter meinem Absatz hielt. *Informant* war das höfliche Wort, mit dem ich ihn in meinen Berichten bezeichnete. Die Unterwelt hat für diese Sorte Menschen Namen, die nicht so liebreizend sind wie die bekannte *Locktaube*.

»Ich habe Arbeit für dich«, sagte ich zu ihm, als er wieder saß, jetzt mit den Füßen auf dem Boden. Sein schlaffer Mund zuckte links nach oben, wodurch sich das Auge dort wissend zusammenkniff. »Hab ich mir gedacht.« Einer seiner Standardsätze.

»Ich möchte, daß du runterfährst zur Halfmoon Bay und dich ein paar Abende in Blechstern-Joplins Kneipe umsiehst. Hier sind zwei Fotos.« Ich schob ihm eins von Pangburn und eins von dem Mädchen über den Tisch. »Name und Personenbeschreibung findest du auf der Rückseite. Ich möchte wissen, ob einer von den beiden da unten auftaucht, was sie machen und wo sie ihre Bleibe haben. Kann sein, daß Blechstern sie versteckt.«

Porky blickte wissend von einem Foto zum andern. »Ich glaube, ich kenne diesen Burschen«, sagte er aus *dem* Winkel seines Mundes, der nach oben zuckte. Das ist wieder so eine Sache bei Porky. Man kann keinen Namen nennen oder keine Beschreibung geben, ohne daß er diese Bemerkung von sich gibt; sie kommt immer, auch wenn Name und Beschreibung erfunden sind.

»Hier ist etwas Geld.« Ich schob ein paar Scheine über den Tisch. »Falls du mehr als zwei Abende da unten sein mußt, laß ich dir noch was mehr zukommen. Bleib in Verbindung mit mir, entweder über dieses Telefon oder über die Geheimnummer im Büro. Und – denk dran – laß die Finger vom Stoff! Wenn ich da runterkomme und dich eingeschneit finde, dann versprech ich dir, daß ich Joplin mit der Nase auf dich stupse.«

Inzwischen war er mit dem Zählen des Geldes fertig – es war nicht viel zu zählen – und warf es verächtlich auf den Tisch zurück.

»Damit können Sie sich 'ne Zeitung kaufen«, höhnte er. »Wo soll ich denn da hinkommen, wenn ich in dem Laden kein Geld ausgeben kann?«

»Das is'n ganzer Batzen für zwei Tage Spesen. Die Hälfte wirst du wahrscheinlich versaufen. Wenn du länger bleibst als zwei Tage, laß ich dir noch was zukommen. Und deinen Lohn kriegst du, wenn die Arbeit gemacht ist, nicht vorher.«

Er schüttelte den Kopf und stand auf. »Ich hab's satt, wie Sie ewig mit mir rumknausern. Sie können Ihren Dreck alleine machen. Bei mir is der Ofen aus!«

»Wenn du heute abend nicht zur Halfmoon Bay runterkommst, dann *ist* der Ofen aus bei dir«, versicherte ich ihm und ließ ihn aus der Drohung schließen, was immer er wollte.

Kurz darauf steckte er das Geld natürlich ein und verschwand. Das Gekabbel um Spesengeld war einfach die Einleitung zu jeder Sache, auf die ich ihn ansetzte.

Als Porky verduftet war, lehnte ich mich in meinem Stuhl zurück und verqualmte grübelnd ein halbes Dutzend Fatimas. Erst war das Mädchen mit den zwanzigtausend Dollar verschwunden und dann war der Dichter verschwunden; und beide waren sie, ob nun für länger oder nicht, im White Shack verschwunden. Auf den ersten Blick schien die Sache klar zu sein. Das Mädchen hatte Pangburn insoweit die *Arbeit* zugeschoben, als sie ihn den Scheck fälschen ließ, mit dem das Konto seines Schwagers belastet wurde. Und dann, nach mehreren Ortswechseln, deren Bedeutung ich noch nicht bestimmen konnte, waren sie gemeinsam untergetaucht.

Zwei unvernähte Fäden gab es noch. Der eine – das Aufspüren des Verbündeten, der Pangburn die Briefe geschickt und sich um das Gepäck des Mädchens gekümmert hatte – lag in den Händen der Zweigstelle in Baltimore. Der andere war: Wer war mit dem Taxi befördert worden, dessen Fahrt von der Wohnung des Mädchens zum Hotel Marquis ich aufgespürt hatte?

Das hatte mit der Sache vielleicht nichts zu tun, vielleicht aber doch. Angenommen, ich könnte eine Verbindung zwischen dem Hotel Marquis und dem White Shack aufdecken. Das ergäbe dann schon eine ganz schöne Kette von Zusammenhängen. Ich suchte hinten im Telefonbuch und fand die Nummer des Rasthauses. Dann fuhr ich hoch zum Hotel Marquis. Mit dem Mädchen, das am Schaltbrett des Hotels Dienst hatte, als ich hinkam, hatte ich früher schon zusammengearbeitet. »Wer hat Halfmoon Bay-Nummern angerufen?« fragte ich sie.

»Lieber Gott!« Sie lehnte sich in ihrem Stuhl zurück und strich sich mit rosiger Hand zart über die vorderen Wellen ihres streng ondulierten roten Haars. »Ich hab wahrhaftig anderes zu tun, als mir jeden Anruf zu merken, den ich durchstelle. Das ist hier keine Pension. Wir haben mehr als ein Gespräch die Woche.«

»Aber zur Halfmoon Bay stellen Sie nicht viel durch«, beharrte ich, mit einem Ellenbogen mich auf das Pult stützend und einen Fünfdollarschein zwischen den Fingern einer Hand herauslugen lassend. »Wenn Sie in letzter Zeit eins hatten, müßten Sie sich eigentlich daran erinnern.«

»Na, ich werd mal sehn«, seufzte sie, als habe sie sich breitschlagen lassen, ihr Bestes an eine hoffnungslose Sache zu verschwenden.

Sie blätterte ihre Zettel durch.

»Hier ist eins – von Zimmer 522, schon zwei Wochen her.«

»Was für eine Nummer wurde angerufen?«

»Halfmoon Bay 51.«

Das war die Nummer des Rasthauses. Ich gab die fünf Dollar weiter.

»Ist 522 ein Dauergast?«

»Ja. Mr. Kilcourse. Er wohnt seit drei oder vier Monaten hier.«

»Was ist er?«

»Ich weiß nicht. Ein vollendeter Gentleman, wenn Sie mich fragen.«

»Das ist ja schön. Und wie sieht er aus?«

»Er ist noch jung, kriegt aber schon langsam graue Haare. Ein dunkler Typ und recht gutaussehend. Bißchen wie ein Filmschauspieler.«

»Bull Montana?« fragte ich, während ich mich zum Empfangstisch schob.

Der Schlüssel zu 522 lag in seinem Fach. Ich suchte mir einen Platz, von wo aus ich ihn im Auge behalten konnte. Nach vielleicht einer Stunde nahm ein Angestellter ihn heraus und gab ihn einem Mann, der tatsächlich etwas wie ein Schauspieler aussah. Er war ungefähr dreißig, mit dunklem Teint, dunklem Haar, das an den Schläfen zu ergrauen begann. Mit gut einsdreiundachtzig schlanker Eleganz stellte er schon einiges vor.

Den Schlüssel in der Hand, stieg er in einen Fahrstuhl.

Daraufhin rief ich die Agentur an und bat den Alten, mir Dick Foley herüberzuschicken. Zehn Minuten später traf Dick ein. Er ist eine kleine Krabbe von einem Kanadier – kaum hundertzehn Pfund bringt er auf die Waage – und ist der gewiefteste Beschatter, den ich kenne; und ich kenne die meisten.

»Ich hab hier einen Braten, dem du auf die Schliche kommen sollst«, sagte ich zu Dick. »Er heißt Kilcourse und hat Zimmer 522. Halt dich draußen auf, und ich zeig ihn dir dann.« Ich ging zurück in die Halle und wartete wieder.

Um acht Uhr kam Kilcourse herunter und verließ das Hotel. Ich ging ihm einen halben Block nach – genug, um ihn Dick zu übergeben – und fuhr dann nach Hause, um erreichbar zu sein, falls Porky Grout mich anrufen sollte. Er ließ aber nichts von sich hören an jenem Abend.

Als ich am nächsten Morgen in die Agentur kam, wartete Dick bereits auf mich. »Glück gehabt?« fragte ich.

»Von wegen!« Der kleine Kanadier spricht Telegrammstil, wenn sein seelisches Gleichgewicht gestört ist, und jetzt war er entschieden gereizt. »Zwei Blocks. Mich dann abgeschüttelt. Sonst kein Taxi in Sicht.«

»Hat er was gemerkt?«

»Nein. Aber schlauer Kopf. Geht sicher.«

»Dann versuch's nochmal. Besser vielleicht mit 'nem Wagen, falls er den Trick nochmal versucht.«

Mein Telefon klingelte, als Dick hinausging. Es war Porky Grout, der eine Nummer der Agentur hatte, die nicht im Telefonbuch stand. »Irgendwas rausgekriegt?« fragte ich.

»Massig«, prahlte er.

»Gut! Bist du in der Stadt?«

»Ja.«

»Wir treffen uns in zwanzig Minuten bei mir«, sagte ich.

Mit stolzgeschwellter Brust marschierte der teiggesichtige Informant durch die Tür, die ich für ihn unverschlossen gelassen hatte. Sein Auftreten glich fast schon einem Balztanz; und der Mundwinkel, der bei ihm zuckt, war zu einem wissenden Seitenblick hochgezogen, der einem Salomon angestanden hätte.

»Ich hab die Sache geritzt für Sie, Jungchen«, gab er an. »Kleinigkeit – für mich! Ich bin da runtergefahrn und hab mit jedem geredet, der was weiß; mir alles angeguckt, was es da zu gucken gibt; und hab den ganzen Haufen da ma durchleuchtet. Ich hab 'ne ...«

»Ah-hm«, unterbrach ich ihn; »meine Glückwünsche und so weiter. Aber was hast du denn nun rausgekriegt?«

»Na, lassen Sie mich doch erzählen.« Mit der Gebärde eines Verkehrsdirigenten hob er eine schmutzige Hand. »Drängen Sie mich nicht. Ich verklicker Ihnen die Chose schon, vollständig, ausführlich und ungekürzt.«

»Sicher, klar«, sagte ich, »ich weiß. Du bist große Klasse, und ich kann froh sein, daß ich so einen habe wie dich, der die Sachen für mich ritzt und all das! Aber ist Pangburn nun da unten?«

»Darauf komm ich ja noch. Also, ich fahr da runter ...«

»Hast du Pangburn gesehn?«

»Wie gesagt also, ich fahr da runter und ...«

»Porky«, sagte ich, »mir ist völlig wurscht, was du gemacht hast! Hast du Pangburn gesehn?«

»Ja. Ich hab ihn gesehn.«

»Prima! So, und was hast du gesehn?«

»Er is da unten bei Blechstern erst ma abgestiegen. Er und die Schickse, von der Sie mir'n Bild gegeben haben, beide sind sie da unten. Sie kampiert da schon'n Monat. Gesehn hab ich sie nich, aber einer von den Kellnern hat's mir erzählt. Pangburn hab ich selber gesehn. Sie lassen sich nich viel blicken – bleiben hinten in Blechsterns Teil von dem Laden – da, wo er drin wohnt – fast die ganze Zeit. Pangburn ist erst seit Sonntag da. Ich bin da runtergefahren und...«

»Rausgekriegt, wer das Mädchen ist? Oder irgend 'ne Andeutung von dem, was sie vorhaben?«

»Nein. Ich bin da runtergefahren und...«

»Na schön! Dann bist du also heute abend *nochmal* da runtergefahren. Ruf mich an, sowie du mit Sicherheit weißt, daß Pangburn da ist – daß er nicht aus dem Haus gegangen ist. Mach mir da keine Fehler. Ich möchte nicht da runterkommen und die Brüder mit falschem Alarm aufschrecken. Wähl die Geheimnummer der Agentur und sag einfach – egal, wer abnimmt –, du würdest erst spät wieder in der Stadt sein. Das heißt dann, daß Pangburn da ist; und du kannst von Joplins Laden aus anrufen, ohne daß irgendwer hinter die Sache kommt.«

»Ich brauch aber noch was Knete«, sagte er, als er aufstand. »Das kostet...«

»Ich werde deinen Antrag vorbringen«, versprach ich. »Und jetzt hau ab und laß von dir hören heute abend, sowie du sicher bist, daß Pangburn da ist.«

Dann fuhr ich hoch zu Axfords Büro. »Ich glaube, wir haben einen Draht zu ihm«, erzählte ich dem Millionär. »Ich hoffe, Sie werden ihn heute abend sprechen können. Mein Verbindungsmann sagt, daß er gestern abend im White Shack war und wahrscheinlich dort wohnt. Wenn er heute abend da ist, kann ich Sie runterbringen, wenn Sie wollen.«

»Warum können wir nicht gleich fahren?«

»Nein. Der Laden ist tagsüber so tot, daß mein Mann da nicht rumhängen kann, ohne aufzufallen, und ich möchte nicht riskieren, daß einer von uns beiden sich da zeigt, ehe wir nicht sicher sind, Pangburn auch wirklich dort gegenübertreten zu können.«

»Was soll ich also tun?«

»Besorgen Sie einen schnellen Wagen für heute abend und halten Sie sich bereit, damit Sie losfahren können, sowie ich Sie benachrichtige.«

»Gemacht. Ab halb sechs bin ich zu Hause. Rufen Sie mich an, wenn Sie soweit sind. Ich hole Sie dann ab.«

Um halb zehn an jenem Abend saß ich vorne neben Axford in einem starkmotorigen ausländischen Wagen, und wir brausten über eine Straße, die zur Halfmoon Bay führte. Porkys Anruf war gekommen.

Wir sprachen kaum während dieser Fahrt, und das importierte Monstrum unter uns verkürzte die Strecke zu einem Katzensprung. Axford saß bequem und entspannt am Steuer, doch zum erstenmal bemerkte ich, daß er ein ziemlich schweres Kinn hatte.

Das White Shack war ein großer Bau, klotzig aus Kunststeinen errichtet. Er steht ein Stück weg von der Straße, und man nähert sich ihm auf zwei Zufahrtskurven, die zusammen einen Halbkreis bilden, dessen Durchmesser die öffentliche Straße ist. Die Mitte dieses Halbkreises wird eingenommen von Schutzdächern, unter denen Joplins Stammgäste ihre Wagen abstellen, und hier und da um die Schutzdächer sind Blumenbeete und Gebüsche. Wir hatten immer noch einen ganz schönen Zahn drauf, als wir in ein Ende dieser halbkreisförmigen Zufahrt einbogen und –

Axford auf die Bremse latschte, so daß uns die schwere Karre an die Windschutzscheibe schleuderte, als sie mit einem Ruck zum Stehen kam – kaum noch rechtzeitig, um nicht in eine Gruppe von Menschen hineinzudonnern, die plötzlich aufgetaucht waren.

Im Licht unserer Scheinwerfer leuchteten hell Gesichter auf; weiße, entsetzte Gesichter, Gesichter, die sich zu verstecken suchten, Gesichter, die dumpfe Neugier zeigten. Unter den Gesichtern weiße Arme und Schultern, helle Kleider und glitzernder Schmuck vor dem dunkleren Hintergrund der Anzüge der Männer.

Das war mein erster Eindruck, und dann, als ich den Kopf von der Windschutzscheibe zurückgenommen hatte, nahm ich wahr, daß dieser Menschenhaufen einen Kern hatte, etwas, worum er sich zentrierte. Ich stand auf und wollte über die Köpfe der Menge hinwegsehen, aber ich konnte nichts sehen.

Ich sprang hinaus auf die Zufahrt und drängte mich durch die Menge.

Mit dem Gesicht zur Erde lag auf dem weißen Kies ein Mann hingestreckt – ein schmächtiger Mann in dunklem Anzug –, und direkt über seinem Kragen, wo Kopf und Hals zusammenkommen, war ein Loch. Ich kniete mich hin, um in sein Gesicht zu spähen. Dann drängte ich mich wieder durch die Menge, zurück dorthin, wo Axford gerade aus dem Wagen stieg, dessen Motor noch lief – »Pangburn ist tot – erschossen!«

Axford zog sich die Handschuhe aus, methodisch, legte sie zusammen und steckte sie in die Tasche. Mit einem Nicken bedeutete er mir, daß er verstanden hatte, und ging dann langsam zu der Stelle, wo die Leute um den toten Dichter standen. Ich sah ihm nach, bis er in dem Gewühl verschwunden war. Dann, durch die Ränder des Gedränges mir einen Weg bahnend, machte ich mich auf die Suche nach Porky Grout.

Er stand auf der Veranda, an einen Pfeiler gelehnt. Ich ging so an ihm vorbei, daß er mich sehen mußte, und machte dann einen Bogen zu der Seite des Rasthauses, die am meisten Schatten bot. Porky gesellte sich zu mir in den Schatten. Es war keine kühle Nacht, aber er klapperte mit den Zähnen. »Wer hat ihn umgelegt?« wollte ich wissen.

»Ich weiß nicht«, wimmerte er, und zum erstenmal hörte ich aus seinem Mund das Eingeständnis, daß es etwas gab, was er nicht wußte. »Ich war drin, um die andern im Auge zu behalten.«

»Welche andern?«

»Blechstern und irgendein Kerl, den ich noch nie gesehn habe, und die Schickse. Ich dachte doch nich, daß der Kleine rausgeht. Er hat keinen Hut aufgehabt.«

»Und was *weißt* du von der Sache?«

»Kurz nachdem ich Sie anrief, sind das Mädchen und Pangburn rausgekommen – aus Joplins Teil des Ladens – und haben sich an einen Tisch gesetzt; da drüben auf der andern Seite der Veranda, um die Ecke, nach hinten, wo es ziemlich dunkel ist. Eine Weile haben sie da gegessen, und dann is dieser andere Typ gekommen und hat sich zu ihnen gesetzt. Ich weiß nicht, wie er heißt, aber ich glaube, ich hab ihn schon mal gesehn in der Stadt. Ein großer Bursche in schicken Klamotten.«

Das war bestimmt Kilcourse.

»Sie reden eine Weile, und dann kommt Joplin zu ihnen. Sie sitzen da um den Tisch und lachen und reden, vielleicht 'ne Viertelstunde lang. Dann steht Pangburn auf und geht ins Haus. Ich saß an einem Tisch, von wo aus ich sie beobachten konnte, und da der Laden voll ist, hab ich Angst, der Tisch geht mir verloren, wenn ich weggeh, und deswegen bin ich dem Jungen nich gefolgt. Er hat ja auch keinen Hut gehabt, also denk ich mir, der haut schon nich ab. Aber er muß durchs Haus gegangen sein und vorne raus, denn gleich danach gibt's'n Krach, daß ich dachte, es is 'ne Autofehlzündung, und dann das Geräusch von 'nem Wagen, der schnell wegfährt. Und dann schreit irgendwer, daß da draußen'n Toter liegt. Alle hier rennen raus, und es is Pangburn.«

»Bist du ganz sicher, daß Joplin, Kilcourse und das Mädchen alle an dem Tisch saßen, als Pangburn getötet wurde?«

»Ganz sicher«, sagte Porky, »wenn dieser dunkle Typ Kilcourse heißt.«

»Und wo sind sie jetzt?«

»Wieder in Joplins Wohnung. Da sind sie gleich hochgegangen, als sie mitgekriegt hatten, daß Pangburn umgelegt worden ist.«

Ich machte mir keine Illusionen über Porky. Ich traute ihm zu, daß er mich anschmierte, um dem Mörder des Dichters ein Alibi zu verschaffen. Wenn Joplin, Kilcourse oder das Mädchen den Mörder bestochen hatte – und meinen Informanten –, war es für mich aussichtslos, beweisen zu wollen, daß sie nicht auf der hinteren Veranda gewesen waren, als der Schuß abgegeben wurde. Joplin hatte einen Haufen von Anhängern, die alles schwören würden, ohne daß es ihn ein müdes Lächeln kostete. Für ihre Anwesenheit auf der hinteren Veranda würde es ein Dutzend falscher Zeugen geben.

Mir blieb also nichts übrig, als darauf zu bauen, daß Porky mir nichts vormachte. »Hast du Dick Foley gesehn?« fragte ich, da Dick Kilcourse beschattet hatte.

»Nein.«

»Dann guck dich mal um, ob du ihn entdecken kannst. Sag ihm, daß ich hochgegangen bin, um mit Joplin zu reden, und er soll auch hochkommen. Dann kannst du dich irgendwo in der Nähe aufhalten, wo ich dich finde, wenn ich dich brauche.«

Dann ging ich durch eine Fenstertür, überquerte eine leere Tanzfläche und ging die Treppe hinauf, die zu Blechstern Joplins Wohnräumen im hinteren Teil der ersten Etage führte. Ich kannte den Weg, denn ich war schon dort oben gewesen. Joplin und ich waren alte Bekannte.

Ich hatte vor, ihn und seine Freunde kräftig in die Zange zu nehmen, in der vagen Hoffnung, daß etwas Gutes dabei herauskommen würde, auch wenn ich nichts gegen auch nur einen von ihnen in der Hand hatte. Mir war natürlich klar, daß ich das Mädchen auf etwas hätte festnageln können, aber nicht, ohne die Tatsache an die große Glocke zu hängen, daß der tote Dichter die Unterschrift seines Schwagers auf einem Scheck gefälscht hatte. Und das ging nicht.

»Herein«, rief eine behäbige, vertraute Stimme, als ich an Joplins Wohnzimmertür pochte. Ich drückte die Tür auf und ging hinein.

Blechstern Joplin stand in der Mitte des Zimmers – ein massiger Ex-Ganove mit ungewöhnlich breiten Schultern und einem ausdruckslosen Pferdegesicht. Hinter ihm saß Kilcourse auf einer Tischkante, ließ ein Bein baumeln und kaschierte gespannte Wachsamkeit mit einem amüsierten schwachen Lächeln seines hübschen braunen Gesichts. Auf der anderen Seite des Zimmers saß ein Mädchen, das mir als Jeanne Delano bekannt war, auf der Armlehne eines schweren Ledersessels. Und der Dichter hatte nicht übertrieben, als er mir von ihrer Schönheit vorgeschwärmt hatte.

»Sie!« knurrte Joplin angewidert, als er mich erkannte. »Was zum Teufel, wollen ausgerechnet *Sie*?«

»Was haben Sie denn?«

In Gedanken war ich jedoch nicht bei derlei Schlagfertigkeiten – was mich beschäftigte, war das Mädchen. Sie kam mir irgendwie bekannt vor – aber ich konnte sie nirgends unterbringen. Vielleicht hatte ich sie noch nie gesehen; vielleicht kam mein Gefühl des Wiedererkennens daher, daß ich das Bild, das Pangburn mir gegeben hatte, so oft angeschaut hatte. Bilder können so etwas bewirken.

Inzwischen hatte Joplin gesagt: »Für Zeitverschwendung hab ich keine Zeit.«

Und ich hatte gesagt: »Wenn Sie die ganze Zeit gespart hätten, die verschiedene Richter Ihnen aufgebrummt haben, dann hätten Sie jetzt viel Zeit.«

Ich hatte das Mädchen schon irgendwo gesehen. Es war ein schlankes Mädchen in einem glänzenden blauen Abendkleid, das großzügig den Blick freigab auf Busen, Rücken und Arme, die sich durchaus sehen lassen konnten. Sie hatte eine Fülle dunkelbraunen Haars über einem ovalen Gesicht von der Farbe, wie Rosig sein sollte. Ihre Augen standen weit auseinander und hatten einen Grauton, der den Schatten auf poliertem Silber, mit denen der Dichter sie verglichen hatte, nicht ganz unähnlich war. Ich betrachtete das Mädchen, und sie sah mir offen und gerade in die Augen, aber ich konnte sie immer noch nicht unterbringen. Kilcourse saß nach wie vor auf der Tischecke und ließ ein Bein baumeln.

Joplin wurde ungeduldig. »Hören Sie jetzt endlich auf, das Mädchen anzuglotzen, und erzählen Sie, was Sie eigentlich von mir wollen?« knurrte er.

Da lächelte das Mädchen, ein spöttisches Lächeln, das die Schneiden rasierklingenscharfer kleiner Tierzähne entblößte. Und an dem Lächeln erkannte ich sie!

Ihr Haar und ihre Haut hatten mich getäuscht. Das letztemal, als ich sie gesehen hatte – und davor hatte ich sie noch nicht gesehen –, war ihr Gesicht marmorweiß gewesen, und das Haar war kurz gewesen und flammenfarben. Sie, eine alte Frau, drei Männer und ich hatten eines Abends in einem Haus in der Turk Street ein Versteckspiel gespielt, bei dem es um die Ermordung eines Bankboten und den Diebstahl von hunderttausend Dollar in Wertpapieren gegangen war. Durch ihre Ränke waren drei ihrer Komplizen an jenem Abend gestorben, und der vierte – der Chinese – war im Folsom Gefängnis schließlich an den Galgen gekommen. Damals war ihr Name Elvira gewesen, und seit ihrer Flucht aus dem Haus an jenem Abend hatten wir von Grenze zu Grenze und darüber hinaus fruchtlos Jagd auf sie gemacht.

Trotz meines Bemühens, mir nichts anmerken zu lassen, muß sich Wiedererkennen in meinen Augen gezeigt haben, denn flink wie eine Schlange hatte sie die Armlehne des Sessels verlassen und kam vor, die Augen mehr Stahl als Silber.

Ich ließ meine Kanone sehen.

Joplin kam einen halben Schritt auf mich zu. »Was soll das?« bellte er.

Kilcourse glitt vom Tisch, und eine seiner dunklen Hände schwebte über seinem Schlips.

»Das soll folgendes«, sagte ich zu ihnen. »Ich suche das Mädchen wegen einer Mordsache, die zwei Monate zurückliegt – und vielleicht auch wegen dem Mord heute abend; da bin ich mir noch nicht sicher. Jedenfalls werde ich sie ...«

Das Knipsen eines Lichtschalters hinter mir, und das Zimmer war dunkel.

Ich machte, daß ich von der Stelle wegkam, wo ich gestanden hatte, als das Licht ausging. Nur erst mal weg, egal wohin.

Mein Rücken berührte eine Wand, ich blieb stehen und kauerte mich hin.

»Schnell, Kleines!« Ein heiseres Flüstern, das von dort kam, wo ich die Tür vermutete.

Aber nach meiner Meinung waren beide Türen des Zimmers zu, und man hätte sie kaum aufmachen können, ohne daß graue Rechtecke sichtbar geworden wären. Menschen bewegten sich in der Schwärze, aber nicht einer kam zwischen mich und die helleren Quadrate der Fenster.

Leise klickte etwas vor mir – ein zu feines Klick, um vom Spannen einer Kanone herzurühren –, aber ein Messer konnte aufgesprungen sein, und ich erinnerte mich, daß Blechstern Joplin eine Vorliebe für diese Waffe hatte.

»Los!« Ein gebrülltes Flüstern, in der Dunkelheit wie ein Schlag.

Geräusche von Bewegung, gedämpft, ununterscheidbar ... ein Geräusch nicht weit weg ...

Unvermittelt packte eine starke Hand eine meiner Schultern, ein muskulöser Körper drückte mich an die Wand. Ich stieß mit meiner Kanone vor und hörte ein Stöhnen.

Die Hand schob sich über meine Schulter zu meinem Hals.

Ich stieß mit einem Knie aufwärts und hörte wieder ein Stöhnen.

Eine brennende Spitze lief mir über die Seite.

Ich stieß wieder mit meiner Kanone zu – zog sie zurück, bis die Mündung frei war von dem weichen Hindernis, das sie aufgehalten hatte, und drückte ab. Das Krachen des Schusses. Joplins Stimme an meinem Ohr, eine seltsam sachliche Stimme: »Scheiße! Jetzt hat's mich erwischt.«

Da wirbelte ich weg von ihm, dorthin, wo ich das schwache Gelb einer offenen Tür sah. Ich hatte keine Fluchtgeräusche gehört. Ich war zu beschäftigt gewesen. Aber ich wußte, daß Joplin mich in die Mangel genommen hatte, damit die andern türmen konnten.

Niemand war zu sehen, als ich die Treppe hinuntersprang, -rutschte, -torkelte – die Stufen flogen unter mir weg. Ein Kellner kam mir in die Quere, als ich auf die Tanzfläche zustürzte. Ich weiß nicht, ob er vorhatte, sich einzumischen oder nicht. Ich fragte ihn nicht. Ich hieb ihm die Flachseite meiner Kanone ins Gesicht und ging weiter. Einmal sprang ich über ein Bein, das sich vorstreckte, um mich zu Fall zu bringen. Und an der Tür nach draußen mußte ich noch ein Gesicht polieren.

Dann war ich draußen auf dem Halbkreis der Zufahrt, von deren einem Ende ein rotes Rücklicht ostwärts auf die Landstraße abbog.

Während ich zu Axfords Wagen rannte, bemerkte ich, daß Pangburns Leiche weggeschafft worden war. Ein paar Leute standen immer noch um die Stelle, wo er gelegen hatte, und mit offenen Mündern starrten sie mir nach.

Der Wagen stand noch da, wie Axford ihn verlassen hatte, mit leerlaufendem Motor. Ich wendete ihn über ein Blumenbeet und schwenkte in Richtung Osten auf die Landstraße. Fünf Minuten später konnte ich mich an den roten Punkt eines Rücklichts hängen.

Der Wagen unter mir hatte mehr Kraft, als ich je brauchen würde; mehr als ich hätte beherrschen können. Ich wußte nicht, wie schnell der Wagen vor mir war, aber ich kam auf, als würde er auf der Stelle stehen.

Anderthalb Meilen oder vielleicht zwei –

Plötzlich stand ein Mann auf der Straße – etwas weiter als meine Scheinwerfer reichten. Die Scheinwerfer erfaßten ihn, und ich sah, daß es Porky Grout war!

Porky Grout stand mitten auf der Straße, mir zugewendet, in jeder Hand das matte Metall einer Automatic.

Die Kanonen in seinen Händen schienen schwachrot aufzuglühen und dann im gleißenden Licht meiner Scheinwerfer wieder dunkel zu werden – aufzuglühen und dann dunkel zu werden; wie zwei Glühbirnen eines automatischen Leuchtsignals.

Die Windschutzscheibe zersplitterte um mich herum.

Porky Grout – der Informant, dessen Name an der gesamten pazifischen Küste gleichbedeutend war mit Feigheit – stand in der Mitte der Straße und schoß auf einen Kometen aus Metall, der auf ihn zugebraust kam...

Das Ende sah ich nicht.

Ich bekenne offen, daß ich die Augen schloß, als sein gefaßtes weißes Gesicht dicht über meinem Kühler auftauchte. Das metallene Monstrum unter mir zitterte – nicht sehr stark –, und die Straße vor mir war leer bis auf das fliehende rote Licht. Meine Windschutzscheibe war weg. Der Wind zerrte an meinen unbedeckten Haaren und trieb mir Tränen in die zusammengekniffenen Augen.

Da merkte ich, daß ich mit mir selber sprach und gerade sagte: »Das war Porky. Das war Porky.« Eine erstaunliche Tatsache. Es überraschte mich nicht, daß er mich hintergangen hatte. Damit war zu rechnen gewesen. Auch daß er hinter mir die Treppe hinaufgeschlichen war und das Licht ausgemacht hatte, war nicht erstaunlich. Daß er aber aufrecht dagestanden hatte und gestorben war –

Ein orangefarbener Lichtstreif aus dem Wagen vor mir setzte meiner Verwunderung ein Ende. Die Kugel kam mir nicht nahe – es ist nicht so einfach, genau von einem fahrenden Wagen in einen anderen fahrenden Wagen zu schießen –, aber bei meinem Tempo würde ich sehr bald in guter Schußdistanz sein.

Ich schaltete den Suchscheinwerfer über dem Armaturenbrett an. Er erreichte den Wagen vor mir nicht ganz, ließ mich aber erkennen, daß das Mädchen fuhr. Kilcourse saß neben ihr, zu mir zurückgewendet. Der Wagen war ein gelber Zweisitzer.

Ich nahm das Gas ein bißchen zurück. In einem Duell mit Kilcourse wäre ich hier im Nachteil gewesen, da ich hätte fahren *und* schießen müssen. Das beste schien mir zu sein, meinen Abstand zu halten, bis wir eine Stadt erreichten, und das konnte nicht ausbleiben. Es war noch nicht Mitternacht. In jeder Stadt würden jetzt noch Menschen auf der Straße sein; und Polizisten.

Und ich würde mit mehr Aussicht auf erfolgreiche Jagd aufschließen können.

Nach ein paar Meilen durchschaute mein Beutetier meinen Plan. Der gelbe Zweisitzer wurde langsamer, schleuderte ein wenig und kam quer auf der Straße zum Stehen. Sofort sprangen Kilcourse und das Mädchen heraus und gingen hinter ihrer Barrikade auf der Straße in Deckung.

Ich war versucht, mit meinem Monstrum volle Pulle in sie hineinzudonnern, aber es war eine schwache Versuchung, und als ihre kurze Lebensdauer abgelaufen war, bremste ich und blieb stehen. Dann fummelte ich mit meinem Suchscheinwerfer herum, bis ich den gelben Zweisitzer voll im Strahl hatte.

Irgendwo in der Nähe der Räder des Zweisitzers blitzte es auf, und der Suchscheinwerfer wackelte heftig, aber das Glas blieb intakt. Er war natürlich ihre erste Zielscheibe, und ...

In meinen Wagen geduckt, auf die Kugel wartend, die die Linse zerschmettern würde, zog ich die Schuhe und den Mantel aus.

Die dritte Kugel schaffte den Suchscheinwerfer.

Ich schaltete die anderen Lichter aus, sprang auf die Straße, und als ich aufhörte zu laufen, hockte ich mich an der mir zugewendeten Seite des gelben Zweisitzers hin. Der einfachste und sicherste Trick, den man sich vorstellen kann.

Das Mädchen und Kilcourse hatten in das blendende Licht eines starken Scheinwerfers geblickt. Als dieses Licht plötzlich starb und die schwächeren Scheinwerfer um es herum ebenfalls, saßen sie in pechschwarzer Blindheit, die die Minute oder länger anhalten mußte, die ihre Augen brauchten, um sich dem Grauschwarz der Nacht wieder anzupassen. Auf dem Asphalt der Straße hatte ich in meinen Strümpfen kein Geräusch gemacht, und jetzt war nur noch ein Zweisitzer zwischen uns; und ich wußte es, und sie nicht.

Aus der Nähe des Kühlers kam leise die Stimme von Kilcourse:

»Ich werd ihn vom Straßengraben aus umlegen. Gib ab und zu einen Schuß auf ihn ab, damit er was zu tun hat.«

»Ich kann ihn nicht sehn«, protestierte das Mädchen.

»Deine Augen sind gleich wieder in Ordnung. Schieß jedenfalls mal auf den Wagen.«

Ich bewegte mich in Richtung Kühler, als das Mädchen auf den leeren Tourenwagen losballerte. Kilcourse kroch auf allen Vieren zu dem Straßengraben auf der Südseite der Straße. Ich zog meine Beine unter mich und spannte mich für einen Sprung und einen Schlag mit der Kanone auf seinen Hinterkopf. Töten wollte ich ihn nicht, aber es galt, ihn schnell unschädlich zu machen. Ich hatte mich um das Mädchen zu kümmern, und sie war mindestens ebenso gefährlich wie er.

Als ich zum Sprung ansetzte, wandte Kilcourse – vielleicht geleitet durch irgendeinen Instinkt des Gejagten – den Kopf und sah mich – sah einen bedrohlichen Schatten.

Statt zu springen, schoß ich.

Ich sah nicht hin, um festzustellen, ob ich getroffen hatte oder nicht. Auf diese Distanz durfte ich ihn kaum verfehlt haben. Ich ging in die Hocke und glitt zurück zum Heck des Zweisitzers, auf meiner Seite bleibend. Dann wartete ich.

Das Mädchen tat, was ich an ihrer Stelle vielleicht auch getan hätte. Sie schoß nicht und bewegte sich auch nicht zu der Stelle hin, von wo der Schuß gekommen war. Sie dachte, ich wäre Kilcourse im Straßengraben zuvorgekommen und mein nächster Plan würde nun der sein, in einem Bogen von hinten an sie heranzukommen. Um das zu vereiteln, bewegte sie sich hinten um den Zweisitzer herum, um mir von der Seite auflauern zu können, die Axfords Wagen zugekehrt war.

Und so kam es – sie kroch um das Wagenheck und steckte ihre wunderschön gemeißelte Nase genau in die Mündung der Kanone, die ich für sie bereithielt.

Sie gab einen kleinen Schrei von sich.

Frauen sind nicht immer vernünftig – sie neigen dazu, Kleinigkeiten wie auf sie gerichtete Kanonen zu mißachten. Deswegen packte ich ihre Pistolenhand, was mein Glück war. Als meine Hand sich um die Waffe schloß, drückte sie ab – und ein Stück

Fleisch meines Zeigefingers wurde zwischen Hahn und Rahmen eingeklemmt. Ich drehte ihr die Kanone aus der Hand und befreite meinen Finger.

Aber sie war noch lange nicht fertig. Ich stand da, meine Kanone eine Handbreit vor ihrem Bauch, aber sie drehte sich um und schoß davon in eine Richtung, wo eine kleine Baumgruppe nach Norden hin einen pechschwarzen Fleck machte.

Als ich mich von meiner Überraschung über dieses amateurhafte Vorgehen erholt hatte, steckte ich ihre und meine Kanone links und rechts in die Tasche und machte mich an die Verfolgung, bei jedem Schritt mir die Füße aufreißend.

Sie versuchte, über einen Drahtzaun zu klettern, als ich sie erwischte.

»Schluß mit dem Quatsch, ja?« sagte ich gereizt, als sich die Finger meiner Linken um ihr Handgelenk schlossen und ich begann, sie zu dem Zweisitzer zurückzuführen. »Das ist eine ernste Sache jetzt. Also seien Sie nicht so kindisch!«

»Sie tun meinem Arm weh.«

Ich wußte, daß ich ihrem Arm nicht wehtat, und ich wußte, daß dieses Mädchen die direkte Ursache dafür war, daß vier, vielleicht fünf Menschen zu Tode gekommen waren. Dennoch lockerte ich meinen Griff um ihr Handgelenk, bis es fast nur noch ein freundliches Anfassen war. Durchaus bereitwillig ging sie mit mir zu dem Zweisitzer zurück, wo ich – immer noch sie am Handgelenk haltend – die Lichter anschaltete. Kilcourse lag im grellen Licht, gleich unter den Scheinwerfern, auf dem Gesicht und an den Boden geschmiegt, ein Knie unter sich gezogen.

Ich stellte das Mädchen frontal vor die Scheinwerfer.

»Jetzt bleiben Sie da stehn«, sagte ich, »und benehmen Sie sich. Eine Bewegung, und ich schieße Ihnen ein Bein weg«, und das war mein Ernst.

Ich fand die Kanone von Kilcourse, steckte sie ein und kniete mich neben ihn.

Er war tot, mit einem Einschußloch über einem Schlüsselbein.

»Ist er ...« Ihre Lippen zitterten.

»Ja.«

Sie sah auf ihn nieder, und es schauderte sie ein wenig.

»Armer Fag«, flüsterte sie.

Ich habe nie bestritten, daß dies ein schönes Mädchen war, und wie sie da so in dem blendenden Weiß der Scheinwerfer stand, war sie mehr als das. Sie war etwas, das verrückte Gedanken sogar im Kopf eines einfallslosen alten Diebesfängers erwecken konnte. Sie war –

Wie dem auch sei, ich glaube, deswegen blickte ich sie finster an und sagte:

»Ja, armer Fag und armer Haken und armer Tai und armer Bankbote aus Los Angeles und armer Burke«, soweit ich sie kannte, die Liste der Männer aufzählend, die mit ihr im Herzen gestorben waren.

Sie brauste nicht auf. Ihre großen grauen Augen hoben sich langsam zu mir mit einem Blick, den ich nicht ergründen konnte, und ihr reizendes ovales Gesicht unter der Fülle braunen Haars – das, wie ich wußte, ihre eigenen Haare verdeckte – war traurig.

»Sie denken wahrscheinlich wirklich, ich ...«, begann sie.

Aber ich hatte genug davon; mir war nicht ganz wohl im Rücken.

»Kommen Sie«, sagte ich. »Wir lassen Kilcourse und den Zweisitzer erst mal hier.«

Sie sagte nichts, ging aber mit mir zu Axfords großer Karre und setzte sich schweigend hinein, während ich mir neben ihr die Schuhe zuband. Auf dem Rücksitz fand ich eine Decke für sie.

»Wickeln Sie sich das man lieber um die Schultern. Die Windschutzscheibe ist raus. Es wird kühl werden.«

Sie befolgte meinen Vorschlag wortlos, aber als ich unseren Schlitten um das Heck des Zweisitzers herumbugsiert hatte und auf der Straße Fahrt nach Osten aufnahm, legte sie eine Hand auf meinen Arm.

»Fahren wir nicht zurück zum White Shack?«

»Nein. Redwood City – zum Bezirksgefängnis.«

Eine Meile vielleicht, während der sie – wie ich wußte, ohne sie anzuschauen – mein ziemlich wulstiges Profil musterte. Dann war ihre Hand wieder auf meinem Unterarm, und sie lehnte sich zu mir hinüber, so daß ihr Atem warm meine Backe streifte. »Halten Sie einen Augenblick? Ich möchte Ihnen was – ich möchte Ihnen einiges erzählen.«

Auf einem geebneten, festen Stück Erde neben der Straße brachte ich den Wagen zum Stehen und drehte mich auf meinem Sitz ein wenig zu ihr herum, um sie direkter von Angesicht zu Angesicht vor mir zu haben.

»Bevor Sie anfangen«, sagte ich zu ihr, »sollten Sie sich darüber klar sein, daß wir hier genauso lange stehn bleiben, wie Sie über die Pangburn-Sache reden. Wenn Sie mit irgendwas anderem anfangen – nun, dann fahren wir weiter nach Redwood City.«

»Sind Sie nicht mal an der Los-Angeles-Sache interessiert?«

»Nein. Die ist abgeschlossen. Sie und Haken Riordan und Tai Tschun Tau und die Quarres waren gleichermaßen verantwortlich für den Tod des Boten, auch wenn der eigentliche Mord von Haken verübt wurde. Haken und die Quarres mußten in der Nacht dran glauben, in der wir in der Turk Street unsere Party hatten. Tai wurde letzten Monat gehängt. Jetzt habe ich Sie. Wir hatten genügend Beweismaterial, um den Chinesen aufzuknüpfen, und gegen Sie haben wir sogar noch mehr. Das ist also erledigt – fertig – abgeschlossen. Wenn Sie mir was über Pangburns Tod erzählen wollen, bitte, ich höre. Andernfalls –«

Ich griff nach dem automatischen Starter.

Ein Druck ihrer Finger auf meinem Arm ließ mich innehalten.

»Ich will Ihnen ja davon erzählen«, sagte sie ernst. »Ich will, daß Sie die Wahrheit darüber erfahren. Sie werden mich nach Redwood City bringen, ich weiß. Glauben Sie nicht, daß ich denke – daß ich mir irgendwelche dummen Hoffnungen mache. Aber ich möchte, daß Sie die Wahrheit über dieses – ich weiß nicht, warum – mir könnte ja egal sein, was Sie denken, aber –«

Es kam nichts mehr.

Dann fing sie an, sehr schnell zu sprechen – so wie die Leute sprechen, die fürchten, unterbrochen zu werden, bevor sie mit ihrer Geschichte am Ende sind –, und sie saß leicht vorgebeugt, so daß ihr schönes ovales Gesicht dem meinen sehr nahe war.

»Als ich in der Nacht damals aus dem Haus in der Turk Street gelaufen war – Sie kämpften da noch mit Tai –, hatte ich vor, aus San Francisco zu verschwinden. Ich hatte zweitausend Dollar, genug, um überall hinzukommen. Dann dachte ich aber, daß Verschwinden gerade das wäre, was ihr von mir erwarten würdet; und daß es für mich am sichersten wäre zu bleiben und nicht abzuhauen. Es fällt einer Frau nicht schwer, ihr Aussehen zu verändern. Ich hatte kurzgelocktes Haar, weiße Haut und trug knallige Farben. Also färbte ich einfach mein Haar, kaufte mir diese Perücke, um es lang aussehen zu lassen, und schaffte mir ein paar dunkle Sachen an. Dann nahm ich mir unter dem Namen Jeanne Delano auf der Ashbury Avenue ein Apartment und war ein völlig anderer Mensch.

Ich wußte zwar, daß ich sicher davor war, irgendwo erkannt zu werden, aber trotzdem blieb ich erstmal 'ne Weile zu Hause; mir war wohler dabei; und als Zeitvertreib hab ich 'ne ganze Menge gelesen. Und dadurch bin ich auf Burkes Buch gestoßen. Lesen Sie Gedichte?«

Ich schüttelte den Kopf. In dem Augenblick wurde ein Automobil sichtbar, das in Richtung Halfmoon Bay fuhr – das erste, seit wir das White Shack verlassen hatten. Sie wartete, bis es vorbei war, und fuhr dann fort, immer noch schnell sprechend.

»Burke war natürlich kein Genie, aber irgendwas an seinen Sachen – irgendwas – hat mich innerlich berührt. Ich schrieb ihm ein paar Zeilen, in denen ich ihm mitteilte, wie sehr mir diese Sachen gefielen, und schickte den Brief an seinen Verleger. Ein paar Tage später hatte ich einen Brief von Burke, und ich erfuhr, daß er in San Francisco lebte. Das hatte ich nicht gewußt.

Wir wechselten ein paar Briefe, und dann fragte er, ob wir uns nicht mal treffen könnten – und so kam es dann auch. Ich weiß nicht, ob ich ihn liebte oder nicht; auch zu Anfang wußte ich das nicht. Ich hatte ihn gern, ja, und dazu kam seine glühende Liebe zu mir und daß ich mich geschmeichelt fühlte, einen doch recht bekannten Dichter zum Verehrer zu haben – und so dachte ich wirklich, ich liebte ihn. Ich versprach, ihn zu heiraten.

Ich hatte ihm nichts über mich erzählt, obgleich ich jetzt weiß, daß das keinerlei Unterschied für ihn gemacht hätte. Aber ich hatte Angst, ihm die Wahrheit zu sagen, und belügen wollte ich ihn nicht, und so hab ich ihm nichts erzählt.

Dann hat Fag Kilcourse mich eines Tages auf der Straße gesehn und mich erkannt; trotz neuem Haar, Teint und neuen Sachen. Viel Grips hat Fag nicht, dafür aber Röntgenaugen. Ich nehm's ihm nicht übel, er hat sich nach seinen Maßstäben verhalten. Er kam hoch in mein Apartment, nachdem er mir bis nach Hause nachgefolgt war; und ich hab ihm erzählt, ich würde Burke heiraten und eine anständige Hausfrau werden. Und das war eine große Dummheit von mir. Fag ist'n Quadratschädel. Wenn ich ihm erzählt hätte, ich würde mir Burke zurechtbiegen, um ihn auszunehmen, hätte er mich in Ruhe gelassen und wär wieder abgezogen. Aber dadurch, daß ich ihm sagte, ich hätte Schluß gemacht mit der Abkocherei, war ich für ihn ›anders‹ geworden und damit ein Braten für ihn. Sie wissen ja, wie Ganoven sind: Jeder auf der Welt ist entweder ein Kollege oder ein mögliches Opfer. Da ich nun das Lager gewechselt hatte, betrachtete Fag mich als jagdbares Wild.

Er orientierte sich über Burkes Verwandtschaft und setzte mir dann die Pistole auf die Brust – entweder zwanzigtausend Dollar, oder er würde mich hochgehn lassen. Er wußte von der Sache in Los Angeles und wie man hinter mir her war. Ich saß also fest. Ich wußte, verstecken konnte ich mich nicht vor Fag, und vor ihm wegzulaufen, hätte auch keinen Zweck gehabt. Da hab ich Burke gesagt, ich müßte zwanzigtausend Dollar haben. Ich wußte, daß er nicht so viel hatte, aber ich dachte, er könnte es auftreiben. Drei Tage später gab er mir einen Scheck darüber. Ich wußte da noch nicht, wie er dazu gekommen war, aber es hätte auch nichts geändert, wenn ich's gewußt hätte. Ich mußte das Geld haben.

Aber an dem Abend hat er mir erzählt, wo er's herhatte; daß er die Unterschrift seines Schwagers gefälscht hatte. Er hat es mir erzählt, weil er, nachdem er darüber nachgedacht hatte, fürchtete, ich würde mit ihm erwischt und mitschuldig gesprochen werden, wenn die Fälschung entdeckt würde. Ich bin ziemlich verdorben, aber doch nicht so, daß ich ihn für mich in'n Knast wandern lassen wollte, ohne ihm zu sagen, wie das alles zusammenhing. Und da hab ich ihm die ganze Geschichte erzählt. Er hat mit keiner Wimper gezuckt. Er bestand darauf, Kilcourse das Geld zu zahlen, damit ich in Sicherheit wäre, und fing an, für meine künftige Sicherheit Pläne zu machen.

Burke baute darauf, daß sein Schwager ihn nicht wegen Urkundenfälschung drankriegen würde, aber um erst mal sicherzugehen, sollte ich umziehn, nochmal meinen Namen ändern und untertauchen, bis wir wüßten, wie Axford die Sache aufnehmen würde. Doch als er gegangen war an dem Abend, machte ich selber ein paar Pläne. Ich hatte Burke wirklich gern – zu gern, um ihn den Sündenbock für mich spielen zu lassen, ohne zu versuchen, ihn zu retten; und in Axfords Güte hatte ich kein großes Vertrauen. Das war am Zweiten des Monats. Wenn nichts dazwischen käme, würde Axford die Fälschung erst merken, wenn ihm Anfang des nächsten Monats seine Scheckunterlagen zugingen. Damit blieb mir für mein Vorhaben praktisch ein Monat.

Am nächsten Tag hob ich mein ganzes Geld ab und schickte Burke einen Brief mit der Mitteilung, ich sei nach Baltimore gerufen worden. Dann legte ich eine deutliche Spur nach Baltimore mit Gepäck und Briefen und so, die ein Kumpel dort für mich in den Kasten steckte. Ich fuhr runter zu Joplins Laden und kriegte ihn dazu, mich unterzubringen. Ich ließ Fag wissen, daß ich dort sei, und als er runterkam, sagte ich ihm, ich hoffte, das Geld in ein bis zwei Tagen für ihn flüssig zu haben.

Daraufhin kam er fast jeden Tag vorbei, und ich vertröstete ihn von einem Tag auf den andern, was jedesmal leichter wurde. Aber meine Zeit wurde knapp. Bald würden Burkes Briefe von der falschen Adresse, die ich ihm angegeben hatte, zurückkommen, und ich wollte zur Stelle sein, um ihn von irgendwelchen Dummheiten abzuhalten. Aber ich wollte erst Verbindung mit ihm aufnehmen, wenn ich ihm die Zwanzigtausend würde geben können, damit er die Fälschung wiedergutmachen könnte, bevor Axford durch seine eingelösten Schecks davon erführe.

Mit Fag wurde ich immer leichter fertig, aber ich hatte ihn noch nicht da, wo ich ihn haben wollte. Er dachte nicht daran, auf die zwanzigtausend Dollar – die ich natürlich die ganze Zeit bereithielt – zu verzichten, es sei denn, ich würde ihm versprechen, für immer bei ihm zu bleiben. Und ich dachte immer noch, ich würde Burke lieben, und wollte mich nicht an Fag binden, auch nicht für kurze Zeit.

Dann, eines Sonntagabends, sah mich Burke auf der Straße. Unvorsichtigerweise fuhr ich mit Joplins Zweisitzer in die Stadt – mit dem Wagen da hinten. Und, wie der Zufall es will, hat Burke mich gesehn. Ich hab ihm die Wahrheit erzählt, die ganze Wahrheit. Und mir hat er erzählt, er habe gerade einen Detektiv beauftragt, mich zu finden. In manchen Dingen war er wie ein Kind – auf den Gedanken, daß der Spürhund auch die ganze Geldgeschichte ausgraben würde, war er nicht gekommen. Aber ich wußte, in ein oder höchstens zwei Tagen würde der gefälschte Scheck gefunden werden. Ich wußte es!

Als ich Burke das sagte, ging er kaputt. Sein ganzes Vertrauen in die Nachsicht seines Schwagers zerbrach. In dem Zustand konnte ich ihn nicht lassen. Dem Erstbesten, der ihm über den Weg gelaufen wäre, hätte er sein Herz ausgeschüttet. Und so nahm ich ihn mit zu Joplins Laden. Mein Gedanke war, ihn da ein paar Tage festzuhalten, bis wir sehen würden, wie der Hase liefe. Wenn die Zeitungen nichts über den Scheck berichteten, würden wir annehmen können, Axford habe die Sache erst mal stillschweigend übergangen, und Burke könnte dann heimfahren und versuchen, die Sache gradezubiegen. Wenn die Zeitungen andererseits die ganze Story bringen würden, dann hätte Burke sich nach einem Dauerversteck umsehn müssen; und ich auch.

Dienstagabend und Mittwochmorgen waren die Zeitungen voll von seinem Verschwinden, aber von dem Scheck wurde nichts gesagt. Das sah gut aus, aber sicherheitshalber warteten wir noch einen Tag. Inzwischen war Fag Kilcourse natürlich in die Sache eingeweiht, und ich hatte ihm die zwanzigtausend Dollar rausrücken müssen, aber ich hoffte immer noch, sie wiederzukriegen – oder den größten Teil wenigstens –, und deswegen hielt ich ihn weiterhin an der Angel. Ich hatte es aber nicht leicht, mir Burke vom Leibe zu halten, denn der glaubte mittlerweile, sowas wie ein Recht auf mich zu haben, und Eifersucht machte ihn boshaft. Aber ich brachte Blechstern dazu, ihn ein bißchen einzuschüchtern, und damit glaubte ich Burke in Sicherheit.

Heute abend kam einer von Blechsterns Leuten nach oben und erzählte uns, ein Mann namens Porky Grout, der seit zwei Abenden in dem Laden herumhinge, habe ein paar Witze gemacht, die vielleicht so zu verstehen seien, daß er sich für uns interessiere. Man zeigte mir Grout, und ich riskierte es, mich in dem öffentlichen Gastraum zu zeigen, und setzte mich an einen Tisch in seiner Nähe. Er war eindeutig eine Ratte – wie Sie vermutlich wissen –, und nach knapp fünf Minuten hatte ich ihn an meinem Tisch, und nach einer halben Stunde wußte ich, daß er Ihnen gepfiffen hatte, daß Burke und ich im White Shack sind. Er hat mir das nicht graderaus erzählt, aber was er erzählt hat, reichte, um mich den Rest raten zu lassen.

Ich ging nach oben und erzählte das den andern. Fag war dafür, Grout und Burke gleich umzubringen. Aber ich hab ihm das ausgeredet. Es hätte uns nichts genützt, und ich hatte Grout so weit, daß er für mich ins Meer gesprungen wäre. Ich dachte, ich hätte Fag überzeugt, aber – – Schließlich einigten wir uns darauf, daß Burke und ich den Zweisitzer nehmen und abhauen würden, und wenn Sie da wären, sollte Porky Grout so tun, als hätte er den Wanst voll Schnee, und Ihnen einen Mann und eine

Frau zeigen – irgendein beliebiges Pärchen, das gerade da wäre – und sagen, das wären die, die er für uns gehalten habe. Ich bin nochmals umgedreht, um mir einen Umhang und Handschuhe zu holen, und Burke ging schon alleine vor zum Wagen – und Fag hat ihn erschossen. Ich wußte nicht, daß er das vorhatte! Ich hätte es nicht zugelassen! Bitte, glauben Sie das! Ich liebte Burke nicht so, wie ich geglaubt hatte, aber Sie müssen mir abnehmen, daß ich nach allem, was er für mich getan hatte, nicht zugelassen hätte, daß sie ihm ein Haar krümmen!

Danach konnte ich nur noch zu den andern halten, ob ich nun wollte oder nicht – und das hab ich getan. Wir setzten Grout unter Druck, damit er Ihnen erzählt, wir wären auf der hinteren Veranda gewesen, als Burke getötet wurde, und außerdem ließen wir noch allen möglichen andern Leuten dieselbe Geschichte eintrichtern. Dann sind Sie hochgekommen und haben mich erkannt. Mein Glück eben, daß es ausgerechnet Sie sein mußten – der einzige Detektiv in San Francisco, der mich kannte!

Den Rest wissen Sie selber: daß Porky Grout hinter Ihnen hochkam und das Licht ausmachte; und daß Joplin Sie festhielt, derweil wir zum Wagen rannten; und dann, als Sie näherkamen, daß Porky Grout sich anbot, Sie aufzuhalten, damit wir wegkommen könnten; und jetzt ...«

Sie verstummte und zitterte ein wenig. Die Decke, die ich ihr gegeben hatte, war ihr von den weißen Schultern gerutscht. Ob es nun daher kam, daß sie so dicht an meiner Schulter war, oder nicht, jedenfalls überlief es auch mich kalt. Und meine Finger, die in meiner Tasche nach einer Zigarette fummelten, brachten sie verbogen und zerknautscht hervor.

»Das ist alles, soweit es das betrifft, was Sie versprachen, sich anzuhören«, sagte sie leise, das Gesicht halb abgewandt. »Ich wollte, daß Sie das wissen. Sie sind ein harter Mann, aber irgendwie bin ich sicher ...«

Ich räusperte mich, und die Hand, die die zerdrückte Zigarette hielt, war plötzlich ruhig.

»Nun werden Sie nicht plump, Schwester«, sagte ich. »Sie haben so glatte Arbeit geliefert bis jetzt, daß Sie das nun nicht mit Ungehobeltheiten verderben sollten.«

Sie lachte – ein kurzes Lachen, das bitter war und achtlos und in dem eine Spur Überdruß schwang, und sie brachte ihr Gesicht noch näher an das meine, und die grauen Augen waren weich und friedfertig.

»Kleiner dicker Detektiv, dessen Name ich nicht kenne« – ein müdes Schmeicheln lag in ihrer Stimme und ein müder Spott – »Sie denken, ich spiele Ihnen was vor, nicht? Sie denken, ich spiele um Freiheit. Vielleicht tu ich das. Ich würde sie bestimmt annehmen, wenn man mir sie anböte. Aber – – Männer haben mich für schön gehalten, und ich habe mit ihnen gespielt. Frauen sind nun mal so. Männer haben mich geliebt, und da sie nach meiner Pfeife tanzten, habe ich sie verächtlich gefunden. Und dann kommt dieser kleine dicke Detektiv daher, dessen Namen ich nicht kenne, und der tut so, als wär ich eine Hexe – eine alte Vettel. Was bleibt mir da anderes übrig, als eine Art Gefühl für ihn zu entwickeln? Frauen sind nun mal so. Bin ich so hausbakken, daß Männer mich ansehn dürfen, ohne auch nur Interesse zu zeigen? Bin ich häßlich?«

Ich schüttelte den Kopf. »Sie sind ganz hübsch«, sagte ich, bemüht, meine Stimme ebenso gleichgültig zu halten wie meine Worte.

»Sie Biest!« fauchte sie, und dann wurde ihr Lächeln wieder sanft. »Und trotzdem, genau dieses Verhalten ist es, warum ich hier sitze und Ihnen mein Innerstes zeige. Sollten Sie mich in die Arme nehmen und mich fest an die Brust drücken, an die ich mich bereits lehne, und sollten Sie mir in diesem Augenblick sagen, daß mir kein Gefängnis bevorsteht, so würde ich natürlich froh sein. Aber dann würden Sie – auch wenn Sie mich vielleicht eine Weile halten könnten – nur einer von den Männern sein, die ich nur allzu gut kenne – einer von denen, die lieben und benutzt werden und auf die bald der nächste Mann folgt. Aber weil Sie nichts dergleichen sind, weil Sie ein Holzklotz von Mann sind, merke ich, daß ich Sie begehre. Würde ich so reden, kleiner dicker Detektiv, wenn ich ein Spiel spielte?«

Ich brummte unverbindlich und zwang mich dazu, mir nicht mit der Zunge über die Lippen zu fahren.

»Ich werde heute nacht ins Gefängnis kommen, wenn Sie tatsächlich dieser harte Mann sind, der mich dazu getrieben hat, ihm Liebe in sein gleichgültiges Ohr zu winseln, aber bevor es soweit ist – kann ich da nicht eine einzige aufrichtige Zusicherung haben, daß Sie mich für ein bißchen mehr halten als nur ›ganz hübsch‹? Oder wenigstens eine Andeutung, daß Ihr Herz – wäre ich nicht eine Gefangene – ein bißchen schneller schlagen würde, wenn ich Sie berührte? Ich werde für lange Zeit ins Gefängnis gehen – vielleicht gehängt werden. Kann ich da nicht meine Eitelkeit mitnehmen – ohne daß sie ganz in Lumpen geht –, damit sie mir Gesellschaft leiste? Können Sie nicht eine Kleinigkeit tun, die mich vor dem schrecklichen Gefühl bewahrt, ich hätte das alles einem Mann vorgejammert, den das bloß langweilte?«

Ihre Lider hatten sich halb über die silbergrauen Augen gesenkt, ihr Kopf hatte sich so weit zurückgelegt, daß das Pochen einer Halsschlagader zu sehen war, und ihre Lippen lagen reglos über leicht geöffneten Zähnen, als die letzten Worte sie verlassen hatten. Meine Finger senkten sich tief in das weiche Fleisch ihrer Schultern. Ihr Kopf ging noch weiter zurück, ihre Augen schlossen sich, eine Hand kam hinauf zu meiner Schulter.

»Sie sind schön wie die Hölle!« brüllte ich ihr wie ein Verrückter ins Gesicht und schleuderte sie gegen die Wagentür.

Es kam mir vor wie eine Stunde, bis ich mit Anlasser und Gängen klargekommen war und den Wagen wieder auf der Straße und so weit auf Touren hatte, daß er in Richtung Bezirksgefängnis San Mateo dahinbrauste. Das Mädchen hatte sich auf ihrem Sitz wieder geradegesetzt und sich in die Decke gekuschelt, die ich ihr gegeben hatte. Ich blinzelte nach vorn in den Wind, der an meinen Haaren und meinem Gesicht zerrte, und das Fehlen der Windschutzscheibe lenkte meine Gedanken zurück zu Porky Grout.

Porky Grout, von Seattle bis San Diego bekannt als Hosenscheißer, steht eisern einem Metallmonstrum im Weg, das auf ihn zugeschossen kommt, und will es mit zwei lächerlichen Pistolen aufhalten. Sie hatte Porky Grout das angetan – diese Frau neben mir! Sie hatte Porky Grout das angetan, und er hatte alles Menschliche hinter sich gelassen! Ein schleimiges Kriechtier, dessen höchster Gedanke ein Häufchen Schnee gewesen war, war grimmig entschlossen in den Tod gegangen, damit sie entkäme – sie – diese Frau, deren Schultern ich gepackt hatte und deren Mund dicht unter dem meinen gewesen war!

Ich gab dem Wagen ein wenig die Sporen und schaffte es, ihn irgendwie auf der Straße zu halten.

Wir fuhren durch eine Stadt: Zur Seite flüchtende Fußgänger, erstaunt uns anstarrende Gesichter, im windgepeitschten Wasser meiner Augen glitzernde Straßenlaternen. Blind verpaßte ich die Straße, die ich suchte, wendete zu ihr zurück, und wieder waren wir draußen auf dem Land.

Am Anfang einer langen, sanften Steigung trat ich auf die Bremse, und mit einem Ruck kamen wir zum Stehen.

Ich schob mein Gesicht dicht an das des Mädchens.

»Außerdem sind Sie eine Lügnerin!« Ich wußte, daß ich blödsinnig brüllte, sah mich aber außerstande, meine Stimme zu senken. »Pangburn hat Axfords Namen nie auf diesen Scheck gesetzt. Er hat nie was davon gewußt. Sie haben sich an ihn rangemacht, weil Sie wußten, daß sein Schwager Millionär ist. Sie haben alles aus ihm rausgequetscht, was er über das Konto seines Schwagers bei der Golden Gate Trust Company wußte. Sie haben Pangburns Sparbuch geklaut – es war nicht in seinem Zimmer, als ich es durchsuchte – und den gefälschten Axford-Scheck ihm gutschreiben lassen, weil Sie wußten, daß der Scheck unter diesen Umständen nicht geprüft werden würde. Am nächsten Tag haben Sie Pangburn zur Bank mitgenommen und gesagt, Sie wollten eine Einzahlung machen. Sie haben ihn mitgenommen, weil der Scheck, auf dem *seine* Unterschrift gefälscht war, nicht geprüft werden würde, wenn er neben Ihnen stünde. Sie wußten, daß er als Gentleman bemüht sein würde, nicht hinzuschauen, was Sie da einreichten.

Dann haben Sie sich den Ausflug nach Baltimore einfallen lassen. Er hat mir die Wahrheit erzählt – die Wahrheit, soweit er sie kannte. Dann haben Sie ihn Sonntagabend getroffen – vielleicht zufällig, vielleicht nicht. Jedenfalls haben Sie ihn zu Joplin mit runtergenommen, ihm irgendeine wüste Geschichte vorgesponnen, die er geschluckt hat und die ihn bewogen hat, ein paar Tage mit Ihnen dort zu bleiben. Das war nicht weiter schwer, denn von den beiden Zwanzigtausend-Dollar-Schecks wußte er ja nichts. Sie und Ihr Kumpel Kilcourse wußten, daß – wenn Pangburn verschwände – nie jemand erfahren würde, daß er den Axford-Scheck nicht gefälscht hatte; und daß nie jemand auf den Gedanken kommen würde, daß der zweite Scheck faul war. Ihr hättet ihn lautlos umgebracht, aber als Porky euch den Tip gab, daß ich im Anmarsch sei, mußtet ihr euch beeilen – und habt ihn niedergeschossen. So hört die Wahrheit sich an!« schrie ich.

Während dieser ganzen Zeit sah sie mich mit großen grauen Augen an, die ruhig waren und zärtlich, aber jetzt verdunkelten sie sich ein wenig, und eine schmerzliche Falte bildete sich zwischen ihren Brauen.

Ich riß den Kopf wieder nach vorn und setzte den Wagen in Bewegung.

Kurz bevor wir nach Redwood City einbogen, legte sie eine Hand auf meinen Unterarm, ließ sie dort eine Sekunde ruhen, dann tätschelte sie den Arm zweimal und nahm ihre Hand wieder weg.

Ich sah sie nicht an, und sie sah mich, glaube ich, auch nicht an, als ihre Personalien aufgenommen wurden. Als ihren Namen gab sie Jeanne Delano an und verweigerte jede weitere Aussage, bis sie einen Anwalt gesprochen habe. Das alles dauerte nur wenige Minuten.

Als sie abgeführt wurde, blieb sie stehen und fragte, ob sie mich privat sprechen könne.

Zusammen gingen wir in eine entfernte Ecke des Raumes.

Sie brachte ihren Mund dicht an mein Ohr, so daß ihr Atem wieder wie im Wagen warm auf meiner Wange war, und dann flüsterte sie das gehässigste Schimpfwort, das die englische Sprache kennt.

Danach ging sie hinaus zu ihrer Zelle.

Dashiell Hammett im Diogenes Verlag

Der Malteser Falke
Roman. Deutsch von Peter Naujack. detebe 69/1

Rote Ernte
Roman. Deutsch von Gunar Ortlepp. detebe 69/2

Der Fluch des Hauses Dain
Roman. Deutsch von Wulf Teichmann. detebe 69/3

Der gläserne Schlüssel
Roman. Deutsch von Hans Wollschläger. detebe 69/4

Der dünne Mann
Roman. Deutsch von Tom Knoth. detebe 69/5

Fliegenpapier
5 Stories. Deutsch von Harry Rowohlt, Helmut Kossodo, Helmut Degner, Peter Naujack und Elizabeth Gilbert. Vorwort von Lilian Hellman. detebe 69/6

Fracht für China
3 Stories. Deutsch von Elizabeth Gilbert, Antje Friedrichs und Walter E. Richartz. detebe 69/7

Das große Umlegen
3 Stories. Deutsch von Walter E. Richartz, Hellmuth Karasek und Wulf Teichmann. detebe 69/8

Das Haus in der Turk Street
3 Stories. Deutsch von Wulf Teichmann. detebe 69/9

Das Dingsbums Küken
3 Stories. Deutsch von Wulf Teichmann. Nachwort von Prof. Steven Marcus. detebe 69/10

Raymond Chandler im Diogenes Verlag

Der große Schlaf
Aus dem Amerikanischen von Gunar Ortlepp. detebe 70/1

Die kleine Schwester
Deutsch von Walter E. Richartz. detebe 70/2

Das hohe Fenster
Deutsch von Urs Widmer. detebe 70/3

Der lange Abschied
Deutsch von Hans Wollschläger. detebe 70/4

Die simple Kunst des Mordes
Briefe, Essays, Notizen. Herausgegeben von Dorothy Gardiner und Kathrine Sorley Walker. Deutsch von Hans Wollschläger. detebe 70/5

Die Tote im See
Deutsch von Hellmuth Karasek. detebe 70/6

Lebwohl, mein Liebling
Deutsch von Wulf Teichmann. detebe 70/7

Playback
Deutsch von Wulf Teichmann. detebe 70/8

Mord im Regen
Frühe Stories. Vorwort von Philip Durham. Deutsch von Hans Wollschläger. detebe 70/9

Erpresser schießen nicht
Gesammelte Detektivstories I. detebe 70/10

Der König in Gelb
Gesammelte Detektivstories II. detebe 70/11

Gefahr ist mein Geschäft
Gesammelte Detektivstories III. detebe 70/12
Alle drei Bände deutsch von Hans Wollschläger

Englischer Sommer
Geschichten, Parodien, Sprüche, Essays. Mit einem Vorwort von Patricia Highsmith. Deutsch von Hans Wollschläger, Wulf Teichmann u.a. detebe 70/13

Ross Macdonald im Diogenes Verlag

Dornröschen war ein schönes Kind
Roman. Deutsch von Wulf Teichmann.
detebe 99/1

Unter Wasser stirbt man nicht
Roman. Deutsch von Hubert Deymann.
detebe 99/2

Ein Grinsen aus Elfenbein
Roman. Deutsch von Charlotte Hamberger.
detebe 99/3

Die Küste der Barbaren
Roman. Deutsch von Marianne Lipcowitz.
detebe 99/4

Der Fall Galton
Roman. Deutsch von Egon Lothar Wensk.
detebe 99/5

Gänsehaut
Roman. Deutsch von Gretel Friedmann.
detebe 99/6

Der blaue Hammer
Roman. Deutsch von Peter Naujack.
detebe 99/7

Durchgebrannt
Roman. Deutsch von Helmut Degner.
detebe 99/8

Geld kostet zuviel
Roman. Deutsch von Günter Eichel.
detebe 99/9

Die Kehrseite des Dollars
Roman. Deutsch von Günter Eichel.
detebe 99/10

Der Untergrundmann
Roman. Deutsch von Hubert Deymann.
detebe 99/11

Sämtliche Detektivstories
Mit einem Vorwort des Autors.
Deutsch von Hubert Deymann.
Ein Diogenes Sonderband

Margaret Millar im Diogenes Verlag

Der Mord von Miranda
Roman. Deutsch von Hans Hermann

Liebe Mutter, es geht mir gut . . .
Roman. Deutsch von Elizabeth Gilbert.
detebe 98/1

Die Feindin
Roman. Deutsch von Elizabeth Gilbert.
detebe 98/2

Fragt morgen nach mir
Roman. Deutsch von Anne Uhde.
detebe 98/3

Ein Fremder liegt in meinem Grab
Roman. Deutsch von Elizabeth Gilbert.
detebe 98/4

Die Süßholzraspler
Roman. Deutsch von Georg Kahn-Ackermann
und Susanne Feigl.
detebe 98/5

Von hier an wird's gefährlich
Roman. Deutsch von Fritz Güttinger.
detebe 98/6

Patricia Highsmith im Diogenes Verlag

Der Junge, der Ripley folgte
Roman. Deutsch von Anne Uhde

Leise, leise im Wind
Erzählungen. Deutsch von Anne Uhde

Der Stümper
Roman. Deutsch von Barbara Bortfeldt. detebe 74/1

Zwei Fremde im Zug
Roman. Deutsch von Anne Uhde. detebe 74/2

Der Geschichtenerzähler
Roman. Deutsch von Anne Uhde. detebe 74/3

Der süße Wahn
Roman. Deutsch von Christian Spiel. detebe 74/4

Die zwei Gesichter des Januars
Roman. Deutsch von Anne Uhde. detebe 74/5

Der Schrei der Eule
Roman. Deutsch von Gisela Stege. detebe 74/6

Tiefe Wasser
Roman. Deutsch von Eva Gärtner und Anne Uhde. detebe 74/7

Die gläserne Zelle
Roman. Deutsch von Gisela Stege und Anne Uhde. detebe 74/8

Das Zittern des Fälschers
Roman. Deutsch von Anne Uhde. detebe 74/9

Lösegeld für einen Hund
Roman. Deutsch von Anne Uhde. detebe 74/10

Der talentierte Mr. Ripley
Roman. Deutsch von Barbara Bortfeldt. detebe 74/11

Ripley Under Ground
Roman. Deutsch von Anne Uhde. detebe 74/12

Ripley's Game
Roman. Deutsch von Anne Uhde. detebe 74/13

Der Schneckenforscher
Gesammelte Geschichten. Vorwort von Graham Greene. Deutsch von Anne Uhde. detebe 74/14

Ein Spiel für die Lebenden
Roman. Deutsch von Anne Uhde. detebe 74/15

Kleine Geschichten für Weiberfeinde
Deutsch von W. E. Richartz. Mit siebzehn Zeichnungen von Roland Topor. detebe 74/16

Kleine Mordgeschichten für Tierfreunde
Deutsch von Anne Uhde. detebe 74/17

Venedig kann sehr kalt sein
Roman. Deutsch von Anne Uhde. detebe 74/18

Ediths Tagebuch
Roman. Deutsch von Anne Uhde. detebe 74/19

Als Ergänzungsband liegt vor:
Über Patricia Highsmith
Essays und Zeugnisse von Graham Greene bis Peter Handke. Mit Bibliographie, Filmographie und zahlreichen Fotos. Herausgegeben von Franz Cavigelli und Fritz Senn. detebe 223

Georges Simenon im Diogenes Verlag

● Biographisches

Als ich alt war. Tagebücher 1960–1963. Deutsch von Linde Birk

Briefwechsel mit André Gide. Deutsch von Stefanie Weiss

Brief an meine Mutter. Deutsch von Trude Fein

Ein Mensch wie jeder andere. Mein Tonband und ich. Deutsch von Hans Jürgen Solbrig

Über Simenon. Zeugnisse und Essays von Patricia Highsmith bis Alfred Andersch. Mit einem Interview, mit Chronik und Bibliographie. Herausgegeben von Claudia Schmölders und Christian Strich. detebe 154

● Sonderbände

Betty / Die Tür. Zwei Romane in einem Band. Deutsch von Raymond Regh und Linde Birk

Der Neger / Das blaue Zimmer. Zwei Romane in einem Band. Deutsch von Linde Birk und Angela von Hagen

Gesammelte Erzählungen. Deutsch von Wolfram Schäfer

Maigret hat Angst / Maigret erlebt eine Niederlage. Zwei Maigret-Romane in einem Band. Deutsch von Elfriede Riegler

Maigret gerät in Wut / Maigret verteidigt sich. Zwei Maigret-Romane in einem Band. Deutsch von Wolfram Schäfer

Maigret-Geschichten. Deutsch von Linde Birk, Angelika Essig, Hans-Joachim Hartstein, Lislott Pfaff und Gisela Stadelmann

● Romane in Erstausgaben

Zum weißen Roß. Roman. Deutsch von Trude Fein

Der Tod des Auguste Mature. Roman. Deutsch von Anneliese Botond

● Non-Maigret Romane

Brief an meinen Richter. Roman. Deutsch von Hansjürgen Wille und Barbara Klau. detebe 135/1

Der Schnee war schmutzig. Roman. Deutsch von Willi A. Koch. detebe 135/2

Die grünen Fensterläden. Roman. Deutsch von Alfred Günther. detebe 135/3

Im Falle eines Unfalls. Roman. Deutsch von Hansjürgen Wille und Barbara Klau. detebe 135/4

Sonntag. Roman. Deutsch von Hansjürgen Wille und Barbara Klau. detebe 135/5

Bellas Tod. Roman. Deutsch von Elisabeth Serelmann-Küchler. detebe 135/6

Der Mann mit dem kleinen Hund. Roman. Deutsch von Stefanie Weiss. detebe 135/7

Drei Zimmer in Manhattan. Roman. Deutsch von Linde Birk. detebe 135/8

Die Großmutter. Roman. Deutsch von Linde Birk. detebe 135/9

Der kleine Mann von Archangelsk. Roman. Deutsch von Alfred Kuoni. detebe 135/10

Der große Bob. Roman. Deutsch von Linde Birk. detebe 135/11

Die Wahrheit über Bébé Donge. Roman. Deutsch von Renate Nickel. detebe 135/12

Tropenkoller. Roman. Deutsch von Annerose Melter. detebe 135/13

Ankunft Allerheiligen. Roman. Deutsch von Eugen Helmlé. detebe 135/14

Der Präsident. Roman. Deutsch von Renate Nickel. detebe 135/15

Der kleine Heilige. Roman. Deutsch von Trude Fein. detebe 135/16

Der Outlaw. Roman. Deutsch von Liselotte Julius. detebe 135/17

Die Glocken von Bicêtre. Roman. Deutsch von Hansjürgen Wille und Barbara Klau. detebe 135/18

Der Verdächtige. Roman. Deutsch von Eugen Helmlé. detebe 135/19

Die Verlobung des Monsieur Hire. Roman. Deutsch von Linde Birk. detebe 135/20

Der Mörder. Roman. Deutsch von Lothar Baier. detebe 135/21

Die Zeugen. Roman. Deutsch von Anneliese Botond. detebe 135/22

Die Komplizen. Roman. Deutsch von Stefanie Weiss. detebe 135/23

Die Unbekannten im eigenen Haus. Roman. Deutsch von Gerda Scheffel. detebe 135/24

Der Ausbrecher. Roman. Deutsch von Erika Tophoven-Schöningh. detebe 135/25

Wellenschlag. Roman. Deutsch von Eugen Helmlé. detebe 135/26

● Maigret-Romane

Maigrets erste Untersuchung. Roman. Deutsch von Roswitha Plancherel. detebe 155/1

Maigret und Pietr der Lette. Roman. Deutsch von Wolfram Schäfer. detebe 155/2
Maigret und die alte Dame. Roman. Deutsch von Renate Nickel. detebe 155/3
Maigret und der Mann auf der Bank. Roman. Deutsch von Annerose Melter. detebe 155/4
Maigret und der Minister. Roman. Deutsch von Annerose Melter. detebe 155/5
Mein Freund Maigret. Roman. Deutsch von Annerose Melter. detebe 155/6
Maigrets Memoiren. Roman. Deutsch von Roswitha Plancherel. detebe 155/7
Maigret und die junge Tote. Roman. Deutsch von Raymond Regh. detebe 155/8
Maigret amüsiert sich. Roman. Deutsch von Renate Nickel. detebe 155/9
Hier irrt Maigret. Roman. Deutsch von Elfriede Riegler. detebe 155/10
Maigret und der gelbe Hund. Roman. Deutsch von Raymond Regh. detebe 155/11
Maigret vor dem Schwurgericht. Roman. Deutsch von Wolfram Schäfer. detebe 155/12
Maigret als möblierter Herr. Roman. Deutsch von Wolfram Schäfer. detebe 155/13
Madame Maigrets Freundin. Roman. Deutsch von Roswitha Plancherel. detebe 155/14
Maigret kämpft um den Kopf eines Mannes. Roman. Deutsch von Roswitha Plancherel. detebe 155/15
Maigret und die kopflose Leiche. Roman. Deutsch von Wolfram Schäfer. detebe 155/16
Maigret und die widerspenstigen Zeugen. Roman. Deutsch von Wolfram Schäfer. detebe 155/17
Maigret am Treffen der Neufundlandfahrer. Roman. Deutsch von Annerose Melter. detebe 155/18
Maigret bei den Flamen. Roman. Deutsch von Claus Sprick. detebe 155/19
Maigret und die Bohnenstange. Roman. Deutsch von Guy Montag. detebe 155/20
Maigret und das Verbrechen in Holland. Roman. Deutsch von Renate Nickel. detebe 155/21
Maigret und sein Toter. Roman. Deutsch von Elfriede Riegler. detebe 155/22
Maigret beim Coroner. Roman. Deutsch von Wolfram Schäfer. detebe 155/23
Maigret, Lognon und die Gangster. Roman. Deutsch von Wolfram Schäfer. detebe 155/24